William Shakespeare está considerado el escritor más importante de la literatura universal. Se cree que nació el 23 de abril de 1564 y consta que fue bautizado, tres días más tarde, en Stratford-upon-Avon, Warwickshire. Su llegada a Londres se ha fechado hacia 1588. Cuatro años después ya había obtenido un notable éxito como dramaturgo y actor teatral, éxito que pronto le valió el mecenazgo de Henry Wriothesley, tercer conde de Southampton. Por su dedicación a la poesía, Shakespeare ya habría pasado a la historia por obras como *Venus y Adonis*, *La violación de Lucrecia* o los *Sonetos*. Sin embargo, si hay un campo en el que Shakespeare realizó grandes y trascendentales logros fue en el teatro; de entre todas las obras en las que intervino podemos atribuirle la autoría segura de treinta y ocho. Murió el 23 de abril de 1616, en su ciudad natal, habiendo conocido el favor del público.

WILLIAM SHAKESPEARE

Sueño de noche de verano

Versión de
AGUSTÍN GARCÍA CALVO

PENGUIN CLÁSICOS

Papel certificado por el Forest Stewardship Council®

Título original: *A Midsummer Night's Dream*

Primera edición: abril de 2026

PENGUIN, el logo de Penguin y la imagen comercial asociada son marcas registradas
de Penguin Books Limited y se utilizan bajo licencia.

© 2026, Penguin Random House Grupo Editorial, S. A. U.
Travessera de Gràcia, 47-49. 08021 Barcelona
© 1980, 2012, Agustín García Calvo, por la traducción, cedida por Editorial Lucina
Diseño de la cubierta: Penguin Random House Grupo Editorial
basado en el diseño original de Penguin Random House UK
Ilustraciones de la cubierta: © Lucie Corbasson-Guévenoux AKA Lucie Louxor

Printed in Spain – Impreso en España

ISBN: 978-84-9105-812-0
Depósito legal: B-2.515-2026

Impreso en Liberdúplex
Sant Llorenç d'Hortons (Barcelona)

PG 5 8 1 2 0

SUEÑO DE NOCHE DE VERANO

---

versión de
Agustín García Calvo

Anterior a 1598, probablemente escrita entre
1595 y 1596. Edición en Cuarto de 1600 y
reimpresión (Segundo Cuarto) en 1619, en la
que se basa, con algunas modificaciones,
la edición del Primer Folio de 1623.

DRAMATIS PERSONAE

TESEO, duque de Atenas

EGEO, padre de Hermia

LISANDRO
DEMETRIO } enamorados de Hermia

FILÓSTRATO, maestro de ceremonias de Teseo

MEMBRILLO (*Quince*), carpintero

JUSTÍN (*Snug*), ebanista

SENTAJO (*Bottom*), tejedor

FLAUTÍN (*Flute*), remienda-fuelles

MORROS (*Snout*), estañador

HAMBRÓN (*Starveling*), sastre

HIPÓLITA, reina de las Amazonas, desposada con Teseo

HERMIA, hija de Egeo, enamorada de Lisandro

HELENA, enamorada de Demetrio

OBERÓN, rey de las hadas

TITANIA, reina de las hadas

COQUITO (*Puck o Robin Goodfellow*), duende

FREJOLILLO
TELARAÑA
POLILLA
MOSTACILLA } hadas

PÍRAMO
TISBE
PARED
CLARO-DE-LUNA
LEÓN } personajes en el interludio representado por los patanes

Otras HADAS del séquito de su rey y reina
ACOMPAÑANTES de Hipólita y Teseo

Escena: en Atenas y en un bosque de sus cercanías

PRIMER ACTO

ESCENA I

Atenas. El palacio de Teseo. Entran TESEO, HIPÓLITA,
FILÓSTRATO *y* ACOMPAÑANTES.

TESEO   Ahora, hermosa Hipólita, nuestra hora nupcial
se acerca poco a poco. Cuatro faustos días
dan luna nueva. Pero, a mi ver, ¡oh, cuán despacio
muere esta vieja luna! Aplaza mis deseos
como madrastra o viuda acaudalada en quien
se marchita el capital de un joven heredero.

HIPÓLITA   Cuatro días bien pronto se hundirán en noche;
cuatro noches bien pronto harán del tiempo un sueño;
y la luna entonces, como arco recién tenso
de plata allá en el cielo, mirará la noche
de nuestro enlace.

TESEO   Ea, ve, Filóstrato:
mueve a la juventud de Atenas a la fiesta;
despierta el franco, el vivo espíritu del gozo;
envía a la melancolía a los entierros:
pálido acompañante no entra en mi cortejo.

Sale FILÓSTRATO.

Hipólita, te he conquistado con mi espada
y tu amor he ganado a fuerza de ofenderte;
pero al son de otra música te haré mi esposa,
con toda gala y regocijos y alborozos.

Entran EGEO *y su hija* HERMIA, LISANDRO *y* DEMETRIO.

EGEO   ¡Feliz sea Teseo, nuestro ilustre duque!

TESEO   Gracias, mi buen Egeo. ¿Qué te trae de nuevo?

EGEO   Lleno de irritación acudo y con querella
    contra mi propia sangre, contra mi hija Hermia.
    Avanza aquí, Demetrio. Gran señor: este hombre
    tiene mi consentimiento para desposarla.
    Avanza aquí, Lisandro. Y este, gentil duque,
    el corazón ha enhechizado de mi niña.
    Tú, tú, Lisandro, le has mandado versos, tú
    prendas de amor trocado con mi niña, tú
    a la luz cantabas de la luna a su ventana
    con tierna voz endechas de fingido amor,
    y le has robado el sello de su fantasía
    con dijes de tu pelo, anillos, fruslerías,
    primores, dulces, ramilletes, bagatelas,
    eficaces embajadas a un alma inexperta.
    Con artimaña hurtaste el corazón de mi hija,
    tornaste su obediencia, que es a mí debida,
    en tozuda aspereza. En fin, mi noble duque:
    que en caso que ella aquí ante vuestra gracia no
    consienta en desposarse con Demetrio, yo
    reclamo el privilegio antiguo entre nosotros:
    como ella es mía, puedo disponer de ella:
    lo cual será o bien para este gentilhombre
    o bien para la muerte, por la ley de Atenas
    prevista de inmediato en caso semejante.

TESEO   ¿Qué dices, Hermia? Sé discreta, hermosa niña:
    para ti tu padre debe ser igual que un dios,
    él, que compuso tu hermosura, y para quien
    tú no eres otra cosa que una forma en cera
    por él impresa, y dentro está de su poder
    dejarle la figura o bien desfigurarla.
    Demetrio es un caballero de alta estima.

HERMIA   También lo es Lisandro.

TESEO   En sí, también lo es;
    pero en esto, al no tener el voto de tu padre,
    el otro debe ser tenido por mejor.

HERMIA   Querría que mi padre viera con mis ojos.

TESEO   Más bien tus ojos deben con su juicio ver.

HERMIA   Merezca yo que vuestra gracia me perdone:
no sé por qué poder me he vuelto tan osada,
ni cómo puede biendecir con mi modestia
abogar en tal presencia por mis pensamientos;
pero pido a vuestra gracia que saber me haga
lo peor que puede sucederme en este caso
si llego a rehusar casarme con Demetrio.

TESEO   O bien sufrir la muerte o renunciar, si no,
a toda sociedad humana para siempre.
Por tanto, hermosa Hermia, estudia tus deseos,
tu juventud consulta, mira bien tu sangre,
y ve si, al no ceder a la elección de un padre,
podrás sobrellevar un hábito de monja,
estar por siempre hundida en un sombrío claustro,
vivir, hermana estéril, por tu vida entera
cantando febles himnos a la fría luna.
Benditos los que así su sangre domeñaron
a acometer tal virginal peregrinaje;
pero más feliz en tierra rosa que destilan
que la que con desmayo crece en tallo virgen
y vive y muere en solitaria bendición.

HERMIA   Así, señor, yo crezca y viva y muera, antes
que no ceder mi patrimonio virginal
a un señorío a cuyo no querido yugo
mi alma no consiente en dar soberanía.

TESEO   Tómate un tiempo. En la cercana luna nueva
(el día de sellar entre mi amor y yo
contrato a compañía siempre duradera)
en ese día o bien prepárate a morir
por desacato a la ordenanza de tu padre
o, si no, a casarte con Demetrio, como él quiere;
o bien en el altar de Diana hacer ofrenda
por siempre de renuncia y solitaria vida.

DEMETRIO   Doblégate, dulce Hermia; y tú, Lisandro, cede
tu título averiado a mi derecho cierto.

LISANDRO   Tú tienes el amor, Demetrio, de su padre:
déjame a mí el de Hermia, y cásate con él.

EGEO   ¡Arrogante Lisandro! Sí, mi amor lo tiene;
y lo que es mío, a él mi amor se lo dará:
conque ella es mía, y todo mi derecho en ella
lo quiero estatuir a nombre de Demetrio.

LISANDRO   Yo soy, señor, tan biennacido como él,
tan bien dotado; es mi amor mayor que el suyo;
mi hacienda en todo punto igual de bien dispuesta,
si no en ventaja mía, que la de Demetrio;
y lo que es más que todas esas vanaglorias,
tengo por mí el amor de la preciosa Hermia:
¿por qué no habría, pues, de defender mi causa?
Demetrio (sí, me atrevo a echárselo ahora en cara)
hizo la corte a Helena, hija de Nedar,
y ganó su alma; y ella, tierna dama, loca
loca de amor está, de idolatría loca,
por este hombre denigrado y tornadizo.

TESEO   Bien debo confesar que he oído algo de eso,
y con Demetrio ya pensé en hablar del caso;
pero, sobrecargada con asuntos propios,
mi mente lo perdió. Pues bien, Demetrio, ven;
y ven, Egeo; habéis conmigo de veniros:
tengo para ambos cierta plática privada.
Cuanto a ti, hermosa Hermia, mira bien de armarte
a ajustar tu capricho al orden de tu padre;
o, donde no, la ley de Atenas te amenaza
(que en modo alguno nos la hemos de ablandar)
con muerte o con un voto a solitaria vida.
Ven, Hipólita mía. ¿Qué te agrada, amor?
Demetrio, tú, y Egeo, vamos con nosotros.
Os tengo que emplear en ciertas atenciones
con vista a nuestra boda, y aun tratar con ambos
detenidamente en algo que a ambos os atañe.

EGEO   En gracia de deber y amor, tras vos seguimos.

Salen todos menos LISANDRO _y_ HERMIA.

LISANDRO   ¿Cómo, mi amor? ¿Por qué tan pálida tu mejilla?
¿Cómo tan presto ahí las rosas se marchitan?

HERMIA   Por falta, al parecer, de lluvia; y bien podría
de la borrasca de mis ojos complacerlas.

LISANDRO   ¡Ay, triste!, que, por cuanto que he leído nunca,
por cuanto nunca oí por cuento o por historia,
curso de fiel amor jamás corrió tranquilo,
no: que ya fuera que hubo diferencia en sangre...

HERMIA   ¡Ah, cruz! ¿Tan alto que abajarse ya no pueda?

LISANDRO   ... o ya que mal injerto fue en cuanto a los años...

HERMIA   ¡Ah, dolor! ¿Tan viejo que prender no pueda en joven?

LISANDRO   ... o ya chocó con la elección de los parientes...

HERMIA   ¡Ah, infierno! ¡Que se escoja amor por ojos de otro!

LISANDRO   o bien, si hubo buen acuerdo en la elección,
ya guerra, enfermedad o muerte a amor asedian,
para hacerlo ser tan momentáneo como un eco,
ligero como sombra, breve como ensueño,
rápido como relámpago en la espesa noche
que en su arrebato tierra y cielo al par despliega
y aun antes que exclamar un hombre pueda «¡Mira!»,
ya las quijadas de la oscuridad lo tragan;
tan presto caen en confusión las claras cosas.

HERMIA   Pues, si es que amantes fieles han sufrido siempre
tormento, escrito está en el bando del destino:
aprendamos nuestra prueba a soportar entonces,
pues que ella es un tormento tan de ley debido
al amor como lo son suspiros, sueños, lágrimas
y ansias, pobre séquito de la ilusión.

LISANDRO   Buen argumento. Entonces, Hermia, escúchame:
tengo una tía viuda, acaudalada dama,
de grandes rentas, que no tiene hijo alguno.
Su casa está de Atenas como a siete leguas.
Y a mí me mira como a único hijo suyo.
Allí, mi amable Hermia, puedo desposarte,
y ya hasta aquel lugar la ruda ley de Atenas
no puede perseguirnos. Si me quieres, pues,
deja mañana noche la casa de tu padre,

y en el bosque, a una legua fuera de la ciudad,
donde una vez te hallé, a ti y a Helena juntas,
cumpliendo el rito de un amanecer de Mayo,
allí estaré aguardándote.

HERMIA   ¡Mi buen Lisandro!,
te juro por el arco más potente de Cupido,
por su mejor saeta de cabeza de oro,
por el candor de las palomas de Afrodita,
por quien las almas entreteje y solicita
al amor, y el fuego en quien Didó la reina ardió
cuando al falaz troyano hacerse al mar lo vio,
por todas las promesas que jamás rompieron
los hombres, que son más que todas las que hicieron
mujeres nunca, que en aquel lugar
donde cita me has dado
mañana, por mi fe, te iré a encontrar.

LISANDRO   Guarda promesa, amor. Espera, ahí viene Helena.

Entra HELENA.

HERMIA   Dios guarde, hermosa Helena. ¿Adónde presurosa?
HELENA   ¿«Hermosa» dices tú? Retira lo de «hermosa».
Tu hermosura amó Demetrio: ¡hermosa tu hermosura!
Tus ojos son su estrella; el aire de tu lengua
más dulce son que a oídos de pastor la alondra
cuando verdea el trigo y brota el agavanzo.
La fiebre es contagiosa: ¡ah, fuéralo la gracia!
de la tuya iría a contagiarme, hermosa Hermia:
mi pelo de tu pelo, mis ojos de tus ojos,
de tu lengua en dulce son mi lengua contagiara.
Fuera mío el mundo entero, menos un Demetrio:
pues todo el resto a tu poder traspasaría.
Ah, enséñame tú cómo miras, con qué arte
el compás del corazón trastornas de Demetrio.
HERMIA   Le frunzo el ceño, y sin embargo aún me adora.
HELENA   ¡Enseñara arte tal tu ceño a mi sonrisa!
HERMIA   Le lanzo maldiciones, y aún me ofrece amor.
HELENA   ¡Mis súplicas pudieran tal pasión mover!

HERMIA   Cuanto le odio más, él tanto más me sigue.

HELENA   Cuanto le quiero más, él tanto más me odia.

HERMIA   De su locura, Helena, no es la culpa mía.

HELENA   Solo tu hermosura: ¡así esa culpa mía fuera!

HERMIA   Ten buen consuelo: nunca más verá mi cara:
Lisandro y yo nos vamos a escapar de aquí.
El tiempo en que a Lisandro aún no conocía,
me parecía Atenas ser un paraíso:
¿qué hechizos, pues, serán los que en mi amor habitan
pues que él ha convertido un cielo en un infierno?

LISANDRO   Helena, a ti nuestra intención descubriremos:
mañana noche, cuando Febe se contemple
la faz de plata en el espejo de los lagos,
vistiendo en perlas líquidas la enhiesta yerba,
hora que a amorosas fugas guárdales secreto,
hemos concertado huir de las puertas de Atenas.

HERMIA   Y en el bosque aquel, en donde tú y yo a menudo
nos tendíamos en lecho de desmayadas malvas,
vaciando nuestros pechos de sus dulces tramas,
allí Lisandro y yo iremos a encontrarnos;
y allí, de Atenas nuestros ojos tornaremos
a buscar amigos nuevos, sociedad extraña.
¡Adiós, mi compañera! Ruega por nosotros.
Y una suerte feliz te otorgue a tu Demetrio!
Guárdame fe, Lisandro. Ayune nuestra vista
del manjar de amor hasta mañana a medianoche.

LISANDRO   ¡Así sea, mi Hermia!

Sale HERMIA.

Helena, queda en paz.
Como tú por él, ¡por ti Demetrio se consuma!

Sale.

HELENA   ¡Cuán más dichoso uno puede ser que otro!
En Atenas se me cree tan linda como ella.
Pero eso ¿qué? Demetrio no lo estima así;
no quiere ver lo que ven todos menos él.

Igual que él yerra al adorar los ojos de Hermia,
tal yerro yo al estar prendada de sus gracias.
Bajas y viles cosas, sin valor alguno,
puede amor trasponer en forma y dignidad;
no con los ojos mira amor, mas con el alma:
por eso a aquel alado dios lo pintan ciego;
y en su alma amor no tiene rastro de buen juicio:
alas sin ojos dicen desvariada prisa:
por eso del amor se dice que es un niño,
pues que tan a menudo en la elección se engaña.
Como pilluelos que en su juego en falso juran,
así el pilluelo amor perjura por doquiera.
Pues antes de Demetrio ver la luz de Hermia,
juramentos granizaban que era solo mío;
mas de que el sol de Hermia hirió en aquel granizo,
derritiolo, y se fundió el pedrisco de perjurios.
Le iré a contar la huida de la hermosa Hermia;
así que él hasta el bosque irá mañana noche
a perseguirla. Y si por esta información
recibo gracias, caro es, pero es razón
pagarlo: en ello pienso en pena enriquecerme
con irme allá también con él, con él volverme.

Sale.

ESCENA II

Atenas. Casa de Membrillo. Entran MEMBRILLO *el carpintero,*
JUSTÍN *el ebanista,* SENTAJO *el tejedor,* FLAUTÍN *el remienda-fuelles,*
MORROS *el estañador y* HAMBRÓN *el sastre.*

MEMBRILLO	¿Está presente toda la compañía?
SENTAJO	Lo mejor que hacías era llamarlos en general, hombre por
	hombre, con arreglo a nómina.
MEMBRILLO	Aquí está la lista con el nombre de todo hombre a
	quien se tié por azto entre tós los de Atenas para aztuar en nues-

tro entremés delante del duque y de la duquesa en el día de sus bodas por la noche.

SENTAJO   Lo primero, mi buen Pedro Membrillo, desemplica de qué trata la obra; luego, lee los nombres de los aztores; y así iremos por partes.

MEMBRILLO   ¡Rediez! Nuestra obra se llama *La muy lamentable comedia y la muy cruel muerte de Píramo y Tisbe.*

SENTAJO   Pieza de mucho mérito, os lo aseguro, y divertida. Ahora, mi buen Pedro Membrillo, vete llamando a los aztores por la lista. Señores, ocupen sus lugares.

MEMBRILLO   Responder en sigún os voy llamando. Nico Sentajo, el tejedor.

SENTAJO   Servidor. Di el papel que me toca, y adelante.

MEMBRILLO   A ti, Nico Sentajo, se te ha escogido para Píramo.

SENTAJO   ¿Qué es Píramo? ¿Un amante, o un tirano?

MEMBRILLO   Un amante, que se mata por amor lo más galanamente del mundo.

SENTAJO   Eso trae consigo lágrimas, en una representación virédica de la cosa: si yo me encargo de ella, que tenga el público cuidado con sus ojos: provocaré tempestades; los voy a condoler a fondo. Por demás está... Y eso que mi carázter más propio es para un tirano: podría hacer de Ercles maravillosamente, o cualquier papel de rompe y rasga, para hacerlo tó pedazos:

La rabiosa roca
y el choque que choca
que rompan la boca
de férrea prisión.
Y Apulo en su carro
que brille bizarro
y que hunda en el barro
la ciega pasión.

Eso sí que era imponente. Ahora cita al resto de los aztores. Eso era el tono de Ercles, tono de tirano. Un amante es más condoliente.

MEMBRILLO   Paco Flautín, el remienda-fuelles.

FLAUTÍN   Aquí, Pedro Membrillo.

MEMBRILLO   Flautín, tú te tiés que encargar de Tisbe.

FLAUTÍN   ¿Qué es Tisbe? ¿Un caballero andante?

MEMBRILLO   Es la dama de la que Píramo tié que estar enamorado.

FLAUTÍN   ¡Hombre, por mi vida!, no me den papel de mujer: me estoy dejando barba.

MEMBRILLO   Eso da lo mismo: tiés que empresentarlo con careta; y pués hablar todo lo fino que quieras.

SENTAJO   Pues yo, si me puedo tapar la cara, déjenme hacer también de Tisbe. Y hablaré con una voz espantosamente fina: «¡Tizne, Tizne!», «¡Oh, Píramo, mi amor querido! Tu Tisbe querida, tu querida dama».

MEMBRILLO   No, no: tú tiés que hacer de Píramo; y tú, Flautín, de Tisbe.

SENTAJO   Bueno. Adelante.

MEMBRILLO   Ruperto Hambrón, el sastre.

HAMBRÓN   Aquí, Pedro Membrillo.

MEMBRILLO   Ruperto Hambrón, tú tiés que hacer de la madre de Tisbe. Tomás Morros, el estañador.

MORROS   Aquí, Pedro Membrillo.

MEMBRILLO   Tú, del padre de Píramo. Yo haré de padre de Tisbe. Justín el ebanista, tú, el papel del león. Y con esto (me parece), comedia repartida.

JUSTÍN   ¿Tiés puesto por escrito el papel del león? Por favor, si lo está, dámelo ya, porque soy lento de aprender.

MEMBRILLO   Pués improvisarlo: no hay ná más que rugir.

SENTAJO   Déjenme hacer el papel del león también. Rugiré de manera a regocijar tós los corazones; rugiré en manera que tenga que decir el duque «Que ruja otra vez, que ruja otra vez».

MEMBRILLO   Como lo hicieras demasiao a lo tremendo, asustarías a la duquesa y a las damas hasta hacerlas chillar; y con eso bastaba pa colgarnos a todos.

TODOS   ¡Colgarnos a todos, a tó hijo de su padre!

SENTAJO   Confieso, amigos, que si llegabais a asustar a las damas y sacarlas de su quicio, no les quedaría más discreción que ahorcarnos; pero puedo apagar mi voz de tal manera que rugiré tan suave como una tortolilla laztante; os rugiré como si fuera algún ruiseñor.

MEMBRILLO   No pués hacer ningún papel más que el de Píramo.

Pues Píramo es un hombre de cara linda; un hombre propiamente dicho, como puedan verse en un día de verano; una especie de gentilhombre de lo más gentil. Por tanto tú tiés por fuerza que hacer de Píramo.

SENTAJO   Bueno, me encargaré de él. ¿Qué barba sería la mejor para empresentarlo?

MEMBRILLO   ¡Qué más da! La que quieras.

SENTAJO   Os lo presentaré, veamos, en la barba roja y gualda; o si no, en la barba color rojo rabioso; o, ¿qué os parece?, en la barba rojinegra; o si no, en la barba color pendón de Castilla, la perfeztamente morada.

MEMBRILLO   Los pendones de Castilla son de poco pelo; así que tendrías que salir con la barba pelada. Pero en fin, señores, aquí están sus papeles; y yo voy a rogarvos, requerirvos y encarecervos, que los tengáis aprendidos para mañana por la noche; y que vayáis a juntaros conmigo en el bosque de palacio, a una milla fuera de la ciudad, a la luz de la luna: allí ensayaremos; que es que si nos juntáramos en la ciudad, la gente nos agobiaría, y se conocerían nuestros argumentos. En el entretanto, voy a trazar una lista de ascensorios, tal como nuestra comedia lo requiere. Os lo ruego, no me falléis.

SENTAJO   Allí nos encontraremos; y allí podremos ensayar todo lo oscenamente y esforzadamente que queramos.

MEMBRILLO   Trabajaz; sez perfeztos. Abur. Junto al roble del duque nos encontraremos.

SENTAJO   Basta ya. Firmes en ello; y al que deserte, que lo ahorquen.

Salen.

SEGUNDO ACTO

ESCENA I

Un bosque cerca de Atenas. Entran, por lados opuestos,
UN HADA *y* COQUITO.

COQUITO   ¡Eh, eh, espíritu!, ¿hacia dónde caminas?

HADA   Por montes, por valles,
   por espino y zarzal,
   por huertos, por calles,
   por el fuego y el mar,
   voy errando, más ligera
   que la luna por su esfera,
   y la reina de las hadas
   me ha mandado que en lo verde
   me recuerde
   de cuajar las rociadas.
   Las esbeltas velloritas
   dicen ser sus favoritas:
   en sus camisas doradas
   esas pintas
   son rubíes de las hadas,
   y el perfume está en las tintas
   de sus pecas coloradas.
   Rocío he de buscar: cada gotita
   debo prenderla
   como una perla
   en la oreja de cada vellorita.
   ¡Adiós, risión de los espíritus!
   Me alejo de ti:

nuestra reina y sus elfos
ya vuelven aquí.

COQUITO El rey celebra aquí esta noche fiesta:
que la reina se guarde en la floresta
de que la vea él:
que está Oberón tragando rabia y hiel,
porque ella como paje tiene a un lindo
rapaz, que le robó a un rey del Indo.
Nunca otra prenda tuvo en tal cariño;
y celoso Oberón quiere que el niño
pase a ser de sus pajes
y a recorrer los ámbitos salvajes.
Pero ella retiene al niño amado:
lo corona de flores,
en él pone su agrado.
Y ya mis dos señores
no se encuentran jamás en bosque o prado
sin que armen riñas y barullos,
y ya sus elfos con el miedo
se esconden en los cascabullos
de las bellotas y se quedan quedo.

HADA O mucho me equivoco,
por tu traza, tu gesto y tu descoco,
o tú eres ese duende pillo y loco
al que llaman Robín el-buen-amigo.
¿No eres tú ese que digo,
que a las muchachas de la granja asusta,
que la leche desnata,
y a veces desajusta
la mantequera y hace que, acezante,
el ama en vano bata y bata,
y otras veces no deja que levante
la cerveza su espuma,
o que hace que el viajero en noche y bruma
del rumbo descarríe,
y de su cuita ríe?
Pero a los que te llaman duendecillo,

    buen Coquito y diablillo,
    hacerles su trabajo te divierte
    y les das buena suerte.
    ¿No eres tú ese?

COQUITO   Sí, has acertado:
    soy de la noche el rondador regocijado.
    Yo le hago gracias a Oberón,
    y el ríe si a un caballo percherón
    harto de habas lo engaño relinchando
    igual que una potrilla tierna; o cuando
    me escondo contra el fondo
    del tazón de una vieja parlanchina
    disfrazado de pera cocedera,
    y al punto que ella empina
    yo le brinco a los morros,
    y se derrama a chorros
    el caldo avinagrado
    por la papada y el escote ajado.
    Cuando la tía sabijonda cuenta
    alguna historia truculenta,
    me toma a veces por un taburete:
    yo me desvío, y ella que se mete
    la gran culada, y grita «¡Jo - joroba!»,
    le da la tos, y todo el corro
    se pega la gran soba
    a reír, y se ríen hasta el forro
    del gaznate, y se tuercen y retuercen
    y juran que de fijo
    no han tenido jamás tal regocijo.
    Pero, eh duende, despeja, que Oberón ahí
    se acerca.

HADA   Y por aquí
    mi señora. ¡Ojalá
    no vinieran acá!

              Entran por un lado OBERÓN *con su cortejo,*
                por otro TITANIA *con el suyo.*

OBERÓN   Malo es encuentro a luz lunar, Titania altiva.

TITANIA   ¡Qué! ¿El celoso Oberón? Volad de aquí, mis hadas.
He renegado de su lecho y compañía.

OBERÓN   Aguarda, casquivana: ¿no soy yo tu dueño?

TITANIA   Yo entonces debo ser tu dueña. Pero sé
de cuando te escapaste del País de Hadas
y en forma de Corino estabas todo el día
tañendo la zampoña o recitando amores
a la tierna Fílide. Y ¿por qué has venido aquí
desde los más lejanos valles de la India
si no es que —¡claro!— tu amazona brincadora,
tu cazadora dama y tu guerrero amor,
va a hacer sus bodas con Teseo, y que tú acudes
a echar sobre su lecho gozos y venturas?

OBERÓN   ¿Cómo así puedes tú (¡pudor, pudor, Titania!)
ni aun aludir a mi alta estima por Hipólita,
sabiendo yo el amor que tienes a Teseo?
¿No lo guiaste en medio de la noche pálida
dejando a Perigenia, a quien raptado había,
y quebrar su fe le hiciste con la hermosa Egle,
con Ariadna luego y con Antíopa?

TITANIA   Todo eso son figuraciones de los celos;
y ya desde el principio del verano nunca
en colina o valle nos juntamos, bosque o prado,
junto a empedrada fuente o por juncoso arroyo,
o ya por la arenosa riba de la mar
trenzando nuestros corros al silbar del viento,
sin que con tus bramidos turbes nuestro juego.
Y así los vientos, de que en vano nos susurran,
como vengándose, han sorbido de la mar
niebla enfermiza, que esparcida por la tierra
tan orgulloso ha vuelto a todo humilde arroyo
que han desbordado todos de sus márgenes.
Y así ha tirado por su yugo el buey en vano,
su sudor perdido el arador; y el verde trigo,
antes que logre barba su juventud, se pudre;
vacío está el redil en la anegada tierra,

los cuervos se han cebado en apestadas reses,
la cancha de los bolos llena está de cieno,
y las retorcidas sendas, faltas ya de tránsito,
en lujuriosa yerba piérdense a la vista.
Añoran los humanos su festivo invierno:
no hay noche que aleluya o villancico alegre.
Y así la luna, regidora de los flujos,
pálida en su furor, empapa todo el aire,
con que los males reümáticos arrecian.
Y en medio de este desconcierto, trastocadas
las estaciones vemos: la canosa helada
cae sobre el fresco seno a la encendida rosa,
y a la barba y fría frente del anciano Invierno
olorosa sarta de pimpollos veraniegos
se ciñe como en burla. Estío, primavera,
paridor otoño, rencoroso invierno, mudan
su librea acostumbrada, y confundido el mundo
por su desborde, ya no sabe cuál es cuál.
Pues bien, toda esa prole de desgracias viene
de nuestra disensión, de nuestro desacuerdo:
tú y yo sus padres somos y primer origen.

OBERÓN   Enmienda todo entonces: en tu mano está.
¿Por qué Titania contrariar a su Oberón?
No pido más que un pobre niño enhechizado
para ser mi paje.

TITANIA   Ten en paz el corazón:
ni el reino de las hadas trueco por mi niño.
Su madre estaba consagrada a mi servicio;
y en el especiado aire de la India ella
mil veces por la noche conversó a mi lado
y se sentó conmigo en la dorada playa,
viendo los barcos mercaderes por las ondas.
Pero ella, al fin mortal, murió al traer al niño;
y así, en memoria de ella yo a su niño educo,
y en memoria de ella, no me apartaré de él.

OBERÓN   ¿Hasta cuándo piensas tú morar en este bosque?

TITANIA   Tal vez hasta después de la boda de Teseo.
　　　Si en buena paz danzar en nuestra ronda quieres
　　　y a la luna vernos festejar, ven con nosotros;
　　　si no, aparta: evitaré yo tus guaridas.
OBERÓN   Entrégame a ese niño, y marcharé contigo.
TITANIA   Ni por tu reino de las hadas. ¡Hadas, ea!
　　　Si sigo un poco aquí, seguro que hay pelea.

Sale TITANIA *con su cortejo.*

OBERÓN   Bien, ve tu vía. No saldrás de esta arboleda
　　　sin que por esta injuria te haya castigado.
　　　Gentil Coquito, acércate. Tú bien te acuerdas
　　　cuando una vez, sentado en un acantilado,
　　　oí a una sirena a lomos de un delfín
　　　modulando tan süave y armonioso aliento
　　　que el rudo mar cortés volvíase a su canto,
　　　y alguna estrella saltó loca de su esfera
　　　por oír a la marina niña
COQUITO　　　　　　　　Sí, me acuerdo.
OBERÓN   En ese mismo instante vi (tú no pudiste)
　　　volando entre la fría luna y esta tierra
　　　a Cupido todo en armas: apuntó certero
　　　a una gentil vestal que reina en Occidente,
　　　y soltó del arco aguda la amorosa flecha,
　　　como para atravesar trescientos corazones.
　　　Mas pude ver del niño dios la vira ardiente
　　　apagarse al casto rayo de la acuosa luna,
　　　y a la imperial sacerdotisa vi pasando
　　　en virginal meditación, de amores libre.
　　　Me fijé, con todo, en dónde fue a caer su dardo:
　　　cayó en una menuda flor occidental,
　　　blanca antes, luego grana de amorosa herida,
　　　que llaman las muchachas robacorazones.
　　　Tráeme esa flor: ya te mostré una vez su yerba.
　　　Su zumo, destilado en los durmientes párpados,
　　　hará que hombre o mujer de amor se vuelva loco
　　　por el primer ser vivo que despierto vea.

Tráeme esa yerba, pues, y estate aquí de vuelta
antes que pueda el leviatán nadar dos leguas.

COQUITO   Trazaré un cinturón en torno de la tierra
en treinta y tres minutos.

Sale.

OBERÓN   Ya que tenga el zumo,
vigilaré a Titania cuando esté dormida,
y gotas de él derramaré sobre sus ojos.
La primera cosa a la que mire al despertarse,
sea un león, un oso, un lobo sea, un toro,
entrometido mono, inquieto orangután,
lo habrá de perseguir con alma enamorada.
Y antes que tal hechizo quite de su vista,
como lo puedo bien quitar con otra yerba,
le haré que me haga entrega de su pajecillo.
Pero ¡eh!, ¿quién viene ahí? Como soy invisible,
podré enterarme bien de su conversación.

Entra DEMETRIO,
siguiéndole HELENA.

DEMETRIO   Yo no te quiero, así que deja de acosarme.
¿En dónde está Lisandro con la hermosa Hermia?
Al uno he de matar; la otra a mí me mata.
Dijiste que a este bosque habían escapado,
y aquí estoy yo, y perdido en este bosque busco
sin rumbo el rumbo de mis ojos, que es mi Hermia.
Así que vete lejos, y no más me sigas.

HELENA   Tú a mí me atraes a ti, tú, dura piedra-imán;
ni es hierro dulce lo que atraes: mi alma es fiel
como acero. Deja tú tu fuerza de atraerme,
y yo no más tendré la fuerza de seguirte.

DEMETRIO   ¿Yo te cortejo acaso? ¿Yo te digo hermosa?
¿O no es más cierto que con toda la llaneza
te digo «No te amo ni te puedo amar»?

HELENA   Pero por eso mismo yo te quiero más.
Yo soy tu gozquecillo, y cuanto más, Demetrio,

me des de palos, más te haré de carantoñas.
Trátame como a tu chucho: a golpes, a patadas;
déjame, piérdeme: no más, dame el permiso,
por más que yo no valga nada, de seguirte.
¿Qué sitio en tu amor puedo mendigar más bajo
(¡y aun para mí es un sitio de tan alta estima!)
que el que me trates como tratas a tu perro?

DEMETRIO   No tientes demasiado el odio de mi pecho,
que me siento enfermo cada vez que hacia ti miro.

HELENA   Yo estoy enferma cada vez que no te veo.

DEMETRIO   Demasiado en entredicho pones tu recato
dejando la ciudad y abandonándote
en manos de uno que por ti no siente amor:
fiando a la ocasión oscura de la noche
y al mal consejo de un lugar desierto
el preciado valor de tu virginidad.

HELENA   Mi garantía es tu virtud: por obra de ella
no es de noche cuando estoy tu rostro viendo,
así que yo no pienso que de noche ande;
ni en este bosque falta el mundo y su compaña,
porque es que tú a mis ojos eres todo el mundo,
y entonces ¿cómo va a decirse que estoy sola,
cuando está todo el mundo aquí para mirarme?

DEMETRIO   Correré de ti, me esconderé en los matorrales,
y te dejaré a merced de las salvajes bestias.

HELENA   La más salvaje no tendrá tu corazón.
Sí, corre cuando quieras: será al revés la fábula:
Apolo huye, Dafne va dándole caza;
la paloma acosa al gavilán, la mansa cierva
corre a alcanzar al tigre: ay, carrera vana,
cuando persigue miedo y valentía huye.

DEMETRIO   No atenderé a tus argumentos. Déjame.
O si en seguirme insistes, no otra cosa esperes
sino que en este bosque habré de hacerte agravio.

HELENA   ¡Ay!, en el templo, en la ciudad, en todo el campo
agravio estás haciéndome. Ah, Demetrio, mira:
tu ofensa ya levanta escándalo en mi sexo:

no podemos, como un hombre por su amor, luchar:
para que nos rueguen somos, no para rogar.

Sale DEMETRIO.

Te seguiré, y mi cielo de mi infierno haré,
muriendo por la mano a la que tanto amé.

Sale.

OBERÓN   ¡Adiós, ninfa! Antes que él del bosque salga, entiendo
que irás tú huyendo de él, que irá tu amor pidiendo.

Vuelve COQUITO.

La flor: ¿la tienes? ¡Bienvenido, vagabundo!
COQUITO   Ajá, aquí está.
OBERÓN   Bien. Por favor, dámela ahora.
Sé de un bancal donde el tomillo agreste alienta,
la campanilla y la violeta cabizbaja,
endoselado todo de aromosa hiniesta,
de rosas almizcleñas y de flor de espino:
allí Titania duerme parte de la noche,
arrullada en esas flores por canción y danzas;
allí la sierpe suelta su esmaltada piel,
camisón bastante ancho a revestir a un hada;
y con el zumo de esta estregaré sus ojos,
y la llenaré de aborrecibles fantasías.
Tú toma un poco de él, y busca por el bosque:
una gentil dama ateniense está en amores
de un joven desdeñoso: úntale a él los ojos;
pero hazlo así que lo primero que al ver mire
sea la dama. Reconocerás al hombre
por los ropajes atenienses de que viste.
Obra con buen cuidado, que él se vea más
enamorado de ella que ella de él lo está.
Y ve a encontrarme al par que cante el primer gallo.
COQUITO   No tema mi señor: así lo haré sin fallo.

Salen.

ESCENA II

Otra parte del bosque.
Entra TITANIA *con su séquito.*

TITANIA   Ea, ahora un baile en corro y un cantar de hechizo;
después, durante un tercio de minuto, ¡lejos!,
los unos a matar pulgón en los pimpollos
del rosal, los otros a hacer guerra a los murciélagos
por el raso de sus alas para hacer chaquetas
a mis pequeños elfos, y otros a espantarme
al ronco buho, que en la noche grazna en pasmo
de mis caprichosos duendes. Arrulladme el sueño;
luego, a vuestros deberes, y dejad que duerma.

Cantan las HADAS.

HADA PRIMERA   Moteadas sierpes de lenguas hendidas,
pinchudos erizos, ¡atrás!
Lagartijas y víboras, sed comedidas:
en paz a mi reina dejad.
CORO   Ruiseñor, con voz galana
canta en nuestra dulce nana.
Nana, nana, nana, na,
nana, nana, nana, na.
Nunca espanto
ni hechizo ni encanto
toque a nuestra soberana.
Buenas noches, nana, nana.
HADA SEGUNDA   Tejedoras arañas, aquí no lleguéis;
¡atrás, patilarga hilandera!
Cucarachas y grillos, que no molestéis;
¡caracoles, gusanos, afuera!
CORO   Ruiseñor, con voz galana
canta en nuestra dulce nana.
Nana, nana, nana, na,
nana, nana, nana, na.

Nunca espanto
ni hechizo ni encanto
toque a nuestra soberana.
Buenas noches, nana, nana.

HADA PRIMERA   ¡Atrás, alejaos! Ya está todo bien.
Que quede una sola de guardia y retén.

> *Salen las* HADAS. TITANIA *duerme. Entra* OBERÓN,
> *y exprime la flor sobre los párpados de* TITANIA.

OBERÓN   Lo que veas al despertar
por tu amor lo debes tomar,
por amor suyo suspirar:
sea un tigre, un gato, un oso,
lobo o jabalí cerdoso,
al salir de tu reposo
ha de ser
a tus ojos novio hermoso.
Oh, despierta cuando un ser
asqueroso
a tu lado puedas ver.

> *Sale. Entran* LISANDRO *y* HERMIA.

LISANDRO   Mi hermoso amor, te cansa errar por la espesura;
y yo, a decir verdad, perdido tengo el rumbo.
Reposaremos, Hermia, si por bien lo tienes,
y aguardaremos a las fuerzas de otro día.

HERMIA   Que sea así, Lisandro. Encuéntrate tú un lecho;
pues yo en este bancal reclinaré mi frente.

LISANDRO   Un mismo césped a ambos servirá de almohada:
un lecho, un corazón; dos pechos y una fe.

HERMIA   No, buen Lisandro; por mi vida, amado mío,
échate aún más lejos; no te estés tan cerca.

LISANDRO   Entiende bien, amor, la voz de mi inocencia:
amor sabe entender cuando en amor se habla.
Digo que mi corazón al tuyo está anudado,
así que un solo corazón tener podemos;
dos pechos enlazados en un juramento,

de modo que, en dos pechos, una sola fe.

Así que ya a tu lado alcoba no me niegues:

pues en mi acercamiento, Hermia, no te miento.

HERMIA   Lisandro enreda liso con su entendimiento.

Ah, no: malhaya de mi honor y cortesía

si Hermia a Lisandro le dijera que mentía.

Mas, dulce amigo, por amor y gentileza,

tiéndete aparte: cuanto en buena regla humana

de separación se puede bien decir que cuadra

entre un casto galán y una doncella, tanto

distante queda. Y buena noche, dulce amigo.

Tu amor jamás se mude mientras sigas vivo.

LISANDRO   Amén, yo digo, amén a tan hermoso ruego;

y mi vida acabe cuando acabe mi firmeza.

Aquí es mi lecho. El sueño te dé todo su reposo.

HERMIA   Con la mitad de ese deseo sea

colmado el ojo del que lo desea.

Se duermen. Entra COQUITO.

COQUITO   Por el bosque adentro fui,

y ateniense a nadie vi,

que en sus ojos pueda hacer

una prueba del poder

de esta flor

para hacer nacer amor.

Noche y paz. ¿Quién hay ahí?

Ropas trae de Atenas: sí,

luego él

es aquel

que, al decir de mi señor,

desdeñó el rendido amor

de la dama que le ama.

Y hela aquí la linda dama

cómo duerme sin recelo

en el negro y sucio suelo.

¡Alma leve!,

ni se atreve

a yacer junto a ese helado
mal galán, desamorado.
Oh villano,
en tus ojos por mi mano
vierto yo todo el poder
que este hechizo pueda haber.

> *Exprime yerba sobre los párpados de* LISANDRO.

Cuando ya despierto estés,
nunca, pues,
en tu ceño
deje amor posarse el sueño.
Bien, y ya, despiértate
de que yo alejado esté.
Que es sazón
de que vuelva ante Oberón.

> *Sale.*
> *Entran* DEMETRIO *y* HELENA, *corriendo.*

HELENA   ¡Para, aunque así me mates, dulce amor, Demetrio!
DEMETRIO   Ya te lo aviso: ¡fuera!, y no me acoses más.
HELENA   Ah, ¿vas así en las sombras a dejarme? ¡No!
DEMETRIO   Quieta ahí, o atente a lo peor. Me voy yo solo.

> *Sale.*

HELENA   Ay, sin aliento estoy de mi amorosa caza.
Cuanto es mi ruego más, alcanza menos gracia.
Feliz es Hermia, dondequiera que ella yazga,
pues tiene puros y atrayentes ojos. ¿Cómo
sus ojos tanto lucen? No de sal de lágrimas,
que esas mis ojos bañan más que no los suyos.
No, no: que es que yo soy tan fea como un oso.
Las fieras que me encuentran húyenme de miedo;
no es maravilla entonces cuando así Demetrio
de mi presencia escapa como de un fantasma.
¿Qué infame y mentiroso espejo a mí me hizo
comparar con la mirada celestial de Hermia?

Pero ¡eh!, ¿quién hay ahí? ¡Lisandro! ¡Y en el suelo!

¿Muerto? ¿O dormido? Sangre no se ve ni herida.

Lisandro, si estás vivo, buen señor, despierta.

LISANDRO (*Despertando.*) Y aun por el fuego pasaré por amor tuyo.

¡Oh, Helena transparente! Es arte en ti la vida,

que a través del pecho deja ver tu corazón.

¿En dónde está Demetrio? Ah, ¡qué apropiado nombre

su nombre vil para morir bajo mi espada!

HELENA No digas tal, Lisandro; no, no digas eso:

¿qué importa que él ame a tu Hermia?: ¡qué te importa

si Hermia a ti te ama! Bástete con eso.

LISANDRO ¿Con Hermia que me baste? No. Oh, no: me pesa

de las aburridas horas que he gastado en ella.

No a Hermia, no, sino que Helena es la que amo.

¿Quién por una paloma no cambiara un cuervo?

La voluntad del hombre por razón se guía,

y la razón nos dice que tú vales más.

Cosa que crece, no madura hasta su tiempo:

así yo, aún mozo, hasta hoy no maduré a razón;

y hoy, alcanzando el punto del humano juicio,

la razón caudillo se hace de mi voluntad

y me guía hasta tus ojos, donde leo historias

de amor, escritas en su libro más precioso.

HELENA ¿Por qué he nacido yo para esta hiriente mofa?

¿Cuándo a tus manos merecí sufrir tal burla?

¿No basta aún, no basta, descarado joven,

con que jamás yo deba, no, ni pueda nunca

merecer mirada amable de ojos de Demetrio,

que encima debas tú mofarte en mi fracaso?

A fe que me escarneces (¡vive Dios!, me injurias)

al cortejarme de este modo tan grosero.

Mas queda ya con Dios. Por cierto que confieso

que te creí señor de otra cortesía.

¡Ah, que una dama, por un hombre rechazada,

tenga que ser por ello de otros ultrajada!

Sale.

LISANDRO   No ha visto a Hermia. Hermia, sigue ahí durmiendo,
y nunca puedas acercarte ya a Lisandro!
Pues, tal como un hartazgo del manjar más dulce
de su aborrecimiento más nos estomaga,
o como las herejías que los hombres dejan
las odian más aquellos a los que cautivaron,
lo mismo tú, mi hartazgo y herejía, ¡odiada
por todos seas, mas por mí más que por todos!
Poderes míos todos, vuestro amor entero
aplicad a honrar a Helena y ser su caballero!

Sale.
Despierta HERMIA.

HERMIA   ¡Ayúdame, Lisandro! ¡Ayuda! Pon tu fuerza
a arrancar esta rastrera sierpe de mi pecho!
¡Ay, ay de mí, piedad! ¡Qué sueño el que he tenido!
Lisandro, mira cómo tiemblo aún del miedo.
Que una serpiente el corazón me devoraba,
y tú sentado sonreías a sus muerdos.
¡Lisandro! ¿Qué?: ¿cambió de sitio? ¡Amor, Lisandro!
¿Qué?: ¿ni aun oír? ¿Se fue? ¿Ni un ruido? ¿Ni una voz?
¡Ay, triste! ¿Dónde estás? Responde, si me oyes.
¡Habla, por amor de Dios! De miedo desfallezco.
¿No?, ¿nada? Entonces, lejos debo ya creerte.
Te he de encontrar al punto: a ti, o si no, a mi muerte.

Sale.

TERCER ACTO

ESCENA I

El bosque. TITANIA *yace dormida. Entran* MEMBRILLO,
JUSTÍN, FLAUTÍN, SENTAJO, MORROS *y* HAMBRÓN.

SENTAJO   ¿Estamos todos juntos?

MEMBRILLO   Lo justo, lo justo: ve aquí un lugar maravillosamente
apropiado para nuestro ensayo. Este terrado verde será nuestro
tablado; este matorral de espinos, nuestros camerinos. Y lo haremos en acción, tal como tendremos que hacerlo delante del
duque.

SENTAJO   Pedro Membrillo.

MEMBRILLO   ¿Qué hay, valiente Sentajo?

SENTAJO   Hay cosas en esta comedia de Píramo y Tisbe que nunca
podrán gustar. Lo primero, Píramo tiene que sacar una espada
para matarse; cosa que las damas no resistirán. ¿Qué contestas
a esto?

MORROS   ¡La Virgen! ¡Un temor muy perigoloso!

HAMBRÓN   Yo creo que debemos dejar las muertes fuera de la cosa,
pa cuando todo esté acabado.

SENTAJO   Ni por pienso: tengo un truco para que todo quede bien:
escríbeme un pórlogo, y que el pórlogo venga así como a decir
que no haremos ningún daño con nuestras espadas, y que Píramo no se mata de veras; y pa más mejor asegurarlo, diles que yo,
Píramo, no soy Píramo, sino Sentajo el tejedor: eso les quitará
todos los miedos.

MEMBRILLO   Está bien: tendremos ese prólogo; y se escribirá en
verso blanco.

SENTAJO   No, un poco más alegre: en verso colorado, por ejemplo.

MORROS   Las damas ¿no se asustarán con el león?

HAMBRÓN   Mucho me temo que sí: os lo prometo.

SENTAJO   Señores, deben ustedes de meditar dentro de ustedes mismos: meter allí (¡Dios nos ampare!) un león entre señoras: es cosa de lo más espantable que hay: porque no veréis ave salvaje de más miedo que un león vivo; así que tenemos que tomar medidas.

MORROS   De onde se desprende que tié que haber otro pórlogo que cuente que no se trata de un león.

SENTAJO   Así es: tienes que dar su verdadero nombre, y la mitad de la cara tié que vérsele por mitad del cuello del león. Y él mismo que hable por el agujero, diciendo como esto o cosa desemejante: «Señoras» o «Graciosas señoras», «Yo vos desearía» o «Yo vos rogaría» o «Yo vos suplicaría» «no tener miedo, no temblar. Mi vida pongo en la vuestra. Si pensáis que vengo como león, no daría un pimiento por mi vida. Pero no: no soy tal cosa: soy un hombre como los otros hombres». Y en este momento, que diga su nombre, y que les desemplique lisa y llanamente que es Justín el ebanista.

MEMBRILLO   Bueno, así será la cosa. Pero quedan dos deficultades: a saber: hacer entrar la luz de la luña en una sala (porque ya sabéis que Píramo y Tisbe se encuentran al claro de la luna).

MORROS   ¿Lucirá luna la noche que vamos a empresentar nuestra función?

SENTAJO   ¡Un calandrajo, un calandrajo! Mirar en el almanaque. Buscar «luz de luna»; «luz de luna», buscar.

MEMBRILLO   Sí, hay luz de luna esa noche.

SENTAJO   Bueno, pues entonces lo que pués hacer es dejar abierto un postigo del ventanal del salón donde representemos, y la luna podrá meter su luz por el postigo.

MEMBRILLO   Sí. O si no, uno puede entrar en escena con un manojo de espinos y un farol, y decir que él viene a disfigurar o representar la persona del claro de luna. Después, hay entodavía otra cosa: teníamos que tener una pared en medio de la sala: porque es que Píramo y Tisbe —lo dice la historia— conversaban al través de la grieta de una pared.

FLAUTÍN   No hay manera que puedas meter allí una pared. ¿Qué dices a eso tú, Sentajo?

SENTAJO   Uno u otro cualquiera de nosotros debe representar la pared, y que lleve encima un algo de revoco, o un algo de argamasa o de cal, que siznifique «pared»; y que tenga puestos así los
dedos, y que por esa raja susurren Píramo y Tisbe.

MEMBRILLO   Como eso pueda hacerse, entonces tó va bien. Venga,
sentaros, todo hijo de su madre, y repasar vuestros papeles. Píramo, tú emprincipias; cuanto que hayas recitao tu parlamento,
te metes entre esos matorrales; y así cada uno, ensigún les vaya
tocando entrar.

Entra por detrás COQUITO.

COQUITO   ¿Qué vil estofa de hombres por aquí rebulle,
tan cerca de la cuna de la hermosa reina?
¡Qué!: ¡una comedia en marcha! Voy a hacer de público;
de actor también quizá, si la ocasión se presta.

MEMBRILLO   Habla, Píramo. Tú, Tisbe, adelanta un paso.

SENTAJO   Tisbe, como la flor de halo doloroso...

MEMBRILLO   Olo- olo-.

SENTAJO   ... de olo doloroso,
así tu aliento, mi querida cara Tisbe.
Mas ¿oyes?: ¡una voz! Quédate aquí un instante,
que al punto me tendrás de nuevo aquí delante.

Sale.

COQUITO   (*Aparte.*) El Píramo que he visto más extravagante.

Sale.

FLAUTÍN   ¿Tengo yo que hablar ahora?

MEMBRILLO   Sí, ¡diablos!, sí que tienes. Porque tiés que entender que
él no se va más que pa ver un ruido que ha oído, y que va a vol-
ver otra vez.

FLAUTÍN   Oh, el más radiante Píramo, el de lirio fino,
rojo como la rosa en el triunfante espino,
juvenco el más brioso, el más galán judío,
más fiel que el fiel caballo de incansable brío.
Sí, Píramo, te veré en la tumba del rey Nico.

MEMBRILLO   «Del rey Nino», ¡hombre! Pero ¡qué! ¡Si no tenías que

decir eso entodavía! Eso es lo que le contestas a Píramo. Te reci-
tas tó tu papel con recotaciones y todo. Píramo, entra: ya se te
ha dao la entrada: tu entrada es lo de «de incansable brío».

FLAUTÍN   ¡Ah, ya!
más fiel que el fiel caballo de incansable brío.

> *Vuelve* COQUITO *y* SENTADO *con cabeza de asno.*

SENTAJO   Si soy hermoso, Tisbe, tuyo soy, no mío.

MEMBRILLO   ¡Oh prodigio! ¡Oh maravilla! Estamos embrujaos.
¡Recen, camaradas! ¡Huyan, señores! ¡Socorro!

> *Salen* MEMBRILLO, MORROS, FLAUTÍN, JUSTÍN *y* HAMBRÓN.

COQUITO   Os persigo: os llevo a la redonda,
por cardos; por jaras, por zarza, por fronda;
seré a veces caballo, otra vez perro ciego,
oso ya sin cabeza, ya cerdo, ya fuego,
relinchando y ladrando
y gañendo y gruñendo y quemando,
según vaya siendo caballo o podenco u oso
o cerdo o fuego rabioso.

> *Sale.*

SENTAJO   ¿Por qué salen corriendo? Esto es una chiquillada de ellos
pa meterme miedo.

> *Vuelve* MORROS.

MORROS   ¡Ay, Sentajo, estás convertido en otro! ¿Qué es eso que
veo en ti?

SENTAJO   ¿Que qué es lo que ves?: lo que ves es una jeta de burro
de tu propiedad, ¡no te amuela!

> *Sale* MORROS.
> *Vuelve* MEMBRILLO.

MEMBRILLO   ¡Dios te valga, Sentajo!, ¡Dios te valga! Estás destras-
formao.

> *Sale.*

SENTAJO   Ya veo su broma. Esto es querer tomarme por jumento; y
meterme miedo, si pueden. Pues yo no me voy a menear de este
sitio, hagan lo que hagan; me voy a pasear por aquí de arriba pa
abajo; y voy a cantar, pa que vean que no estoy asustao.

Canta.

El mirlo, negro como hollín,
con su pico anaranjado,
el tordo con su cornetín,
el jilguero colorado...

Despierta TITANIA.

TITANIA   ¿Qué ángel me despierta de mi lecho de rosas?

SENTAJO   (*Cantando.*)   Gorrión, alondra, verderón,
cuco con su canto llano,
que cuantos oyen su canción,
no responde ni un cristiano.

¡Claro!, porque ¿quién iba a gastar el caletre con un pájaro tan
tonto? ¿Quién iba a decirle a un pájaro que miente, por más que
se harte de gritar «cu-cú»?

TITANIA   Te lo ruego, oh, gentil mortal, de nuevo canta;
mi oído de tu tono enamorado está,
como de tu figura está mi vista presa.
Me fuerza tu hermosura, me hace tu reclamo,
no más verte, decir y jurar que te amo.

SENTAJO   Uno diría, señora, que tiene usted muy poca razón para
eso. Aunque ello es, a decir verdad, que razón y amor no suelen
hacer buenas migas en estos tiempos: lástima que algunos hon-
raos vecinos no se dediquen a hacerles hacer las paces. También
yo sé hacer chistes cuando toca.

TITANIA   Eres discreto tanto como hermoso eres.

SENTAJO   No tanto. Ni uno ni otro (digo). Pero si tengo discreción
bastante pa escapar de este bosque, bastante tengo pa lo que yo
la quiero.

TITANIA   Tú de este bosque nunca más salir desees:
quedarás aquí, que estés conforme o no lo estés.
No soy espíritu del número común;

el verano está bajo mis órdenes aún,
y yo te amo; así que tú conmigo ven.
Unas hadas te he de dar que a tu servicio estén,
que joyas de la hondura para ti levanten
y, si en colchón de flores duermes, que te canten;
purgaré de la mortal rudeza tu donaire
de suerte que andes como espíritu del aire.
¡Frejolillo! ¡Mostacilla! ¡Polilla! ¡Telaraña!

Entran FREJOLILLO, TELARAÑA, POLILLA, MOSTACILLA.

FREJOLILLO   Aquí.
TELARAÑA   Y yo.
POLILLA   Y yo.
MOSTACILLA   Y yo.
TODOS   ¿Qué nos ordenas?
TITANIA   Sed de este gentilhombre amables servidoras.
    Triscadle al paso, ante él marchad tejiendo danzas
    dadle a comer albaricoque y zarzamoras
    con uva púrpura, higo verde y agavanzas;
    robadle al abejorro su zurrón de miel;
    cortadle las cerosas patas para velas,
    y prended en ojos de luciérnagas: cuando él
    se acueste y se levante, sean sus candelas;
    de pintas mariposas arrancad las alas,
    para abanicarle de los párpados durmientes
    los rayos de las lunas malas.
    Hacedle salve, duendes, sedle reverentes.
FREJOLILLO   ¡Salud a ti, mortal!
TELARAÑA   ¡Salud!
POLILLA   ¡Salud!
MOSTACILLA   ¡Salud!
SENTAJO   Declaro a vuestras mercedes mi agradecimiento, de todo
    corazón. Por favor, ¿el nombre de vuestra merced?
TELARAÑA   Telaraña.
SENTAJO   Mucho desearía frecuentar su trato, mi buen maese Telara-
    ña. Si me corto un dedo, me serviré de usted con toda confian-
    za. ¿Su nombre, honorable caballero?

FREJOLILLO   Frejolillo.

SENTAJO   Se lo ruego, presente mis respetos a su madre la señora Habichuela y a su padre el señor Garbanzo. Mi buen maese Frejolillo, desearía también frecuentar su trato. ¿Su nombre, por favor, señor?

MOSTACILLA   Mostacilla.

SENTAJO   Mi buen maese Mostacilla, conozco bien sus sufrimientos, y sé que ciertos cobardes descomunales filetes de vaca han devorado a muchos caballeros de su familia. Le aseguro a usted que sus parientes me han hecho más de una vez deshacerme en lágrimas. Desearía frecuentar su trato, maese Mostacilla.

TITANIA   Ea, cuidaos de él; llevadlo a mi enramada.
La luna, al parecer, tiene ojos de llorar,
y cuando llora, llora toda flor al par,
lamentando un no sé qué de castidad forzada.
Haced estar la lengua de mi amor callada;
llevadlo quedo y sin tardar.

Salen.

ESCENA I I

Otra parte del bosque. Entra OBERÓN, *rey de las Hadas.*

OBERÓN   Me pregunto si Titania habrá ya despertado,
y qué es lo que a su vista habrá primero entrado,
a lo cual ha de adorar con el amor más fiero.

Entra COQUITO.

He aquí mi mensajero.
¿Qué hay, espíritu loco?
¿Qué ley nocturna en esta selva enhechizada?

COQUITO   Mi ama y reina está de un monstruo enamorada.
Cerca de su retiro y enramada alcoba,
mientras la hora en sueño y torpedad la arroba,
una panda de payasos, rudos menestrales

que en tabancos de Atenas sudan sus jornales,
juntáronse a ensayar un drama, a lo que creo,
destinado al día nupcial del gran Teseo.
De la casquivana tropa el zote de más viento,
que a Píramo representaba en su esperpento,
dejó la escena y se metió en un matorral.
De que me lo tuve en ocasión y sitio tal,
una chola de asno le planté en la testa.
Al punto ya a su Tisbe debe dar respuesta,
y allá sale mi cómico. En cuanto lo otean,
como patos bravos si furtivos los ojean
o capibermejas chovas en bandada prieta
alzándose y graznando a un eco de escopeta
se desbandan y alocadas barren todo el cielo,
así alzan sus camaradas a su vista el vuelo;
y a mis pateos, uno en otro cae de morro,
grita «Al asesino», clama a Atenas por socorro.
Así, ya flojo el juicio y del pavor perdido
hace que aun les ofendan cosas sin sentido,
que ya espino o zarzal sus hábitos desgarra,
quién mangas, quién sombrero: del que cede
todo el mundo agarra.
Allá me los llevé en su susto arrebatado,
y dejé allí al dulce Píramo transfigurado,
cuando a tal momento (sino fue, según discurro)
despertó Titania y, zas, se enamoró de un burro.

OBERÓN   Mejor sale esto que tramaron mis antojos.
Y al ateniense ¿le has sellado ya los ojos
con el zumo de amor, según te puse a cargo?
COQUITO   Lo hallé durmiendo (hecho también está ese encargo)
y a la mujer de Atenas a su lado echada,
que, al despertar, por fuerza en ella
ponga la mirada.

Entran DEMETRIO *y* HERMIA.

OBERÓN   Estate al pie. Este es por cierto el ateniense.
COQUITO   Esa es la dama, pero el hombre, no, no es ese.

DEMETRIO   Ah, ¿por qué me regañas, yo que así te quiero?
Tan fiero aliento arroja a tu enemigo fiero.

HERMIA   Por ahora solo riño; mas debía hablarte
en voz más enemiga,
pues tú, me temo, causa has dado a que maldiga.
Si a Lisandro has dado muerte en medio de su sueño,
ya puesto en sangre, avanza a lo hondo de tu empeño,
y mátame también. No era el sol tan fiel
al día como a mí me lo era él. ¿Podría
haberse él escurrido con alevosía
de su dormida Hermia? Antes creería
que se puede horadar la tierra entera y por su centro
la luna atravesar y en descortés encuentro
turbar la fiesta de su hermano al mediodía
con los Antípodas. Ah no, no cabe más
sino que tú lo has
asesinado. Así ha de ser la fisonomía
de un asesino, sí, tan muerta, tan sombría.

DEMETRIO   Así ha de ser más bien la del asesinado,
y así la mía, a quien el pecho ha atravesado
tu dura crueldad. Y en cambio, el asesino,
tú, te apareces, sí, tan clara, tan luciente
como el lucero vespertino
allá en su esfera transparente.

HERMIA   ¿Qué le toca esto a mi Lisandro? ¿Dónde está?
Ah, buen Demetrio, ¿vas a dármelo, verdad?

DEMETRIO   Antes les diera su osamenta a mis mastines.

HERMIA   ¡Os, perro! ¡Os, hiena! Haces que salte los confines
de mi virginal recato. Entonces ¿lo has matado?
¡Nunca más estés entre los hombres numerado!
¡Ah, di una vez verdad! ¡Ah, di verdad,
aun ya por vida mía!
¿Tuvieras tú osadía
de mirarle cara a cara estando él despierto?
Y dormido ¿tú lo has muerto?
¡Oh, gesto bravo! ¿No hace un bicho escurridizo,
una víbora, otro tanto? Una víbora lo hizo;

que de lengua más doble que esa tuya (tú, reptil)
nunca picó la víbora más vil.

DEMETRIO Gastas tu ira sobre un tema mal montado.
De la sangre de Lisandro yo no estoy culpado;
ni muerto está, por cuanto fe mis ojos den.

HERMIA Te lo ruego, dime entonces que se encuentra bien.

DEMETRIO Y si pudiera, en pago tú ¿qué me darás?

HERMIA Una carta de seguro de no verte más.
Y de tu presencia odiada aquí mi vista esquivo.
No más me veas, ya esté él muerto, ya esté vivo.

Sale.

DEMETRIO No tiene a qué seguirla en tan bravo arrebato.
Por consiguiente, aquí me quedo por un rato.
El peso de mi pena se hace más pesado
por el débito aplazado
de lo que a la pena debe el sueño en bancarrota;
de lo cual irá pagando una pequeña cuota
si aquí quedo en espera
de que a su conveniencia darme venia quiera.

Se tiende y duerme.

OBERÓN ¿Qué has hecho? Has trastocado papel por papel
y echado el zumo en ojos de un amante fiel.
De tu equivocación resultará por fuerza
que un fiel amor se tuerza,
no que uno falso se convierta en verdadero.

COQUITO Así el destino rige el juego por su fuero,
que, por un hombre que fe guarde, la habrán roto
más de un millón, quebrando voto sobre voto.

OBERÓN Más rápido que el viento por el bosque entra,
y a Helena la ateniense búscala y encuentra.
Está de amor enferma y pálida de cara
por los suspiros de pasión, que a fresca sangre
tanto le cuesta cara.
Por alguna ilusïón, ve tú que aquí la tenga.
Los ojos de este hechizaré para cuando venga.

COQUITO   Ya voy, ya voy.
Mira cómo el aire surco,
más rápido que flecha
del arco del turco.

Sale.

OBERÓN   Flor de púrpura y de lila,
fiero amor en él destila,
hunde el dardo en su pupila.

Exprime la yerba sobre los párpados de DEMETRIO.

Que si ve a su amada, ella
brille tal como destella
Venus en su clara estrella.
Cuando te hayas despertado,
ruégale, si está a tu lado,
por tu cura, enamorado.

Vuelve COQUITO.

COQUITO   Jefe de esta alada banda,
por ahí Helena anda,
y el galán que confundí
suplicando viene ahí
por la paga de un amante.
¿Vamos a tener delante
su función y carnavales?
¡Dios, qué risa estos mortales!
OBERÓN   Quita a un lado.
Con su bulla harán de suerte
que Demetrio se despierte.
COQUITO   Luego dos cortejarán
a la vez a una, y gran
diversión que nos darán.
Lo que más me gusta es
lo que sale del revés.

Entran LISANDRO *y* HELENA.

LISANDRO   ¿Por qué pensar que en burla te enamoro y miento?
La burla y la irrisión jamás en llanto para:
¿ves? Cuando juro, lloro, y en su nacimiento
tal juramento pura su verdad declara.
¿Cómo en mí burla te parece lo que en prueba
de su verdad divisa de la fe en sí lleva?

HELENA   Tu astucia avanza a más y a más. ¡Ah, lucha, cuando
verdad mata verdad, diablisanta refriega!
De Hermia son esos votos. ¿La estás traicionando?
Pesa juro con juro, y nada el peso juega:
tus votos de ella y míos, puestos en dos platos,
pesan lo mismo: nada, y más que aire baratos.

LISANDRO   No estaba yo en mi juicio al darle juramento.

HELENA   Ni ahora, a juicio mío, que la das al viento.

LISANDRO   Demetrio la ama a ella, y a ti no te ama.

Despierta DEMETRIO.

DEMETRIO   Oh, Helena, dulce llama,
oh, diosa, oh, ninfa, oh, gracia, única, sin par,
¿a qué, mi amor, podré tus ojos comparar?:
lodo es el vidrio. ¡Oh, labios, que en sazón ofrecen
cerezas besadoras y tentando crecen!
La nieve del Ararat cuajada en blanco puro
que el viento Este orea se hace grajo oscuro
cuando alzas tú la mano. Oh, déjame que roce
esa reina de blancura, sello de tal goce!

HELENA   ¡Oh, rabia! ¡Oh, peste! Veo ya que estáis de fijo
contra mí tramando todos para regocijo.
Si fuerais gente urbana, más cortés y atenta,
no me heriríais nunca con tan vil afrenta.
¿No basta que me odiéis, como sé que me odiáis,
que encima a hacerme mofa así os conjuráis?
Si fuerais hombres, como sois en traza y traje,
no hicierais de una dama tan infame ultraje:
jurarme, cortejarme y ensalzar mis dones,
cuando sé que me aborrecéis en vuestros corazones.
Rivales sois, en vuestro amor por Hermia iguales,

y ahora a hacer de Helena befa sois rivales.

¡Qué fina hazaña, qué viril empresa, hacer

brotar las lágrimas de una infeliz mujer

con vuestras burlas! Nadie de buen nacimiento

ofendiera a una doncella y diera así tormento

a una pobre alma, todo por divertimiento.

LISANDRO   Eres descortés, Demetrio. Bien, ¡repórtate!

Pues tú quieres a Hermia; sabes que lo sé;

y aquí, de muy buen grado, en todo lo que puedo,

en el amor de Hermia mi porción te cedo;

del tuyo por Helena déjame que herede,

a quien amo y amaré mientras vida me quede.

HELENA   Nunca burladores en su vano intento

gastaron más aliento.

DEMETRIO   Lisandro, guárdate a tu Hermia: ahí nada pido:

si jamás la amé, todo ese amor en humo es ido.

En ella mi corazón paró como en posada,

y ahora a Helena ha vuelto, hogar suyo y morada,

para quedarse allí.

LISANDRO   Helena, no es así.

DEMETRIO   No denigres una fe de la que nada sabes,

no sea, si no, que acabes

pagándolo muy caro, a precio de tu vida.

Ve ahí que tu amor viene; allí está tu querida.

Entra HERMIA.

HERMIA   Negra noche, que a los ojos roba sus funciones

y aguza los oídos a las aprensiones;

pues cuanto de la vista en fuerza disminuye

al oído en pago doble se lo retribuye.

Mi vista no es, Lisandro, quien te halló: mi oído

(¡gracias a él!) hasta tus sones me ha traído.

Pero ¿por qué me abandonaste tan sin pena?

LISANDRO   ¿Por qué quedar, a quien amor marchar ordena?

HERMIA   ¿Qué amor pudo a Lisandro echarlo de mi vera?

LISANDRO   El amor de Lisandro, que le impide toda espera:

la hermosa Helena, que mejor la noche dora

que todas las lentejuelas con que se decora.
¿Por qué me buscas? ¿No basta esto a demostrarte
que el odio que te tenía me hizo así dejarte?

HERMIA   No sientes lo que dices: no cabe en razón.

HELENA   ¡Vaya! Ella está también en la conspiración.
Ya veo ahora que los tres se han conjurado
a armar a costa mía tal farsa y tinglado.
Hermia ultrajante tú, mujer la más ingrata,
tú ¿has conspirado, has tramado tú con esos
para atraparme en esta torpe irrisión?
Todas las confidencias que una en otra hicimos,
la fe de hermanas que juramos, tantas horas
que pasamos, maldiciendo al tiempo presuroso
por separarnos, ¿qué?, todo eso ¿está olvidado?,
¿las escolares amistades?, ¿la inocencia niña?
Hermia, tú y yo, como dos dioses artesanos,
con nuestra aguja juntas una flor creábamos,
ambas sobre una muestra, en un cojín entrambas,
las dos trinando a un mismo son, las dos a un tono,
como si manos, voz, costados, pensamientos
fueran de un solo cuerpo. Así crecimos juntas,
tal cual melliza guinda, al parecer partida,
pero en su partición unida sin embargo,
dos lindas moras apretadas en un tallo,
dos cuerpos a la vista, un solo corazón:
dos cuerpos, sí, como cuarteles de un escudo,
de un solo título, ambos bajo una corona.
Y nuestro viejo amor ¿en dos vas a rasgarlo,
por unirte a hombres a burlarte de tu amiga?
No es de amiga, no, y tampoco de mujer.
Conmigo nuestro sexo en ello te reprueba,
aunque yo sola sea quien la afrenta sufre.

HERMIA   Muda de asombro estoy a tus airadas voces.
No te burlo: se diría que me burlas tú.

HELENA   ¿No has empujado tú a Lisandro, como en burla,
a seguirme y ensalzar mis ojos y mi cara?,
¿y hecho a tu otro amor, Demetrio (que aun apenas

un rato atrás me rechazaba a puntapiés),
llamarme diosa, ninfa, única y sin par,
divina, celestial? ¿Por qué este así le habla
a aquella que aborrece?, di, y ¿por qué Lisandro
reniega de tu amor (tan íntegro en su pecho)
y a mí me ofrece (¡mala fe!) su fe de amante,
si no es por trama tuya, en tu consentimiento?
¿Qué que no esté tan alta como tú en favores,
tan en amores rica, tan afortunada,
sino en la peor miseria, amar sin que me amen?:
lástima debía darte más que no despecho.

HERMIA   No entiendo a qué te quieres referir con esto.

HELENA   ¡Ah, sigue! Persevera: finge caras tristes,
haz muecas a mi espalda cuando dé la vuelta;
guiñaos uno a otro, ¡arriba con la broma!
tal burla, bien llevada, pasará a las crónicas.
Si algo de piedad os queda, o pena, o cortesía,
no queráis hacer de mí figura de tal farsa.
Pero ea, ¡adiós! Esto es en parte culpa mía,
de lo que ausencia o muerte pronto hará remedio.

LISANDRO   Detente, amable Helena, atiende a mis excusas,
mi amor, mi vida, alma mía, hermosa Helena.

HELENA   ¡Oh, bravo, bien!

HERMIA   Cariño, no le hagas tal burla.

DEMETRIO   Y si ella no te ablanda, puedo yo forzarte.

LISANDRO   No más puedes forzarme que ablandarme ella:
tu amenaza no es más fuerte que sus blandos ruegos.
Helena, yo te quiero: ¡es cierto, por mi vida!
Lo juro por la que en tu honor he de perder
en probar que miente el que ose decir que no te quiero.

DEMETRIO   Digo que te quiero yo más que él pueda quererte.

LISANDRO   Si eso dices, ven aparte, y pruébalo también.

DEMETRIO   ¡Aprisa, ven!

HERMIA   Lisandro, ¿a qué viene esto todo?

LISANDRO   ¡Atrás tú, cara mora!

HERMIA   ¡No! ¡Ah, no! Que él...

DEMETRIO   Haz como que te zafas, que seguirme intentas,
pero acudir no acudas. ¡Hombre manso, bah!

LISANDRO   ¡Quítate, garduña, cardo! ¡Bicho inmundo, suelta,
o te sacudiré de mí como a un gusano!

HERMIA   ¿Qué te ha vuelto tan rudo? Ah, ¿qué cambio es este,
[mi amor?

LISANDRO   ¿Tu amor? ¡Os, zíngara curtida, os!
¡Droga aborrecida, atrás! ¡Pócima odiosa, fuera!

HERMIA   ¿No hablas en broma?

HELENA   Sí, a fe, y lo mismo tú.

LISANDRO   Demetrio, mantendré contigo mi palabra.

DEMETRIO   Así te tuviera atado: pues veo que una débil
atadura te retiene. No fío en tu palabra.

LISANDRO   Pues ¿qué? ¿La habré de herir, golpear, dejarla muerta?
Aunque la aborrezco, no le voy a hacer tal daño.

HERMIA   ¿Qué daño más me habrás de hacer que aborrecerme?
¿Aborrecerme? ¿Cómo? ¡Ay, me! ¿Qué es lo que pasa
amor? ¿No soy yo Hermia? ¿No eres tú Lisandro?
Tan blanca y rubia soy como lo fui hace un poco:
hoy noche me querías; de noche me has dejado.
¿Qué entonces? ¿Me dejaste (¡no lo quiera el cielo!)
en serio? ¿He de creerlo?

LISANDRO   ¡Sí, por vida mía!,
y ya no deseaba verte nunca más.
Sal de esperanza pues, de más pregunta y duda:
sé cierta: nada es más verdad: no es broma alguna
que a ti yo te aborrezco y que quiero a Helena.

HERMIA   ¡Ay, me! ¡Tú, manilista, rosa tú perruna,
ladrón de amor! ¿Qué? ¿Has venido con la noche
y a mi amor el corazón robado?

HELENA   ¡Lindo, a fe!
¿No tienes ya recato, ya pudor ninguno
ni pizca de vergüenza? ¿Quieres arrancar
respuestas impacientes de mi amable lengua?
¡Quítate allá, estafermo! ¡Quita allá, muñeca!

HERMIA   ¿Muñeca? ¿Conque sí? ¡Ah ya: por ahí va el juego!
Ahora caigo en que ella ha hecho comparanza

de nuestras tallas, exaltado su estatura,
y con su gran presencia, su real persona,
su altura (¡mala fe!) a él se lo ha ganado.
Y ¿qué? ¿Tan alta habrás crecido tú en su estima
porque tan enana sea yo, tan baja sea?
¿Cómo soy de baja? Di, cucaña pintorreada,
¿cómo soy de baja? Aún tan baja no lo soy
que no puedan alcanzar mis uñas a tus ojos.

HELENA   Por favor, aunque hagan de mí burla, caballeros,
no la dejen que me hiera. Nunca reñidora
fui yo; no valgo nada en agarrarse al moño.
En mi fuero de doncella estoy al ser cobarde.
No dejen que me pegue. Acaso ustedes piensen
que, porque sea algo más baja ella que yo,
ya puedo hacerle frente.

HERMIA   ¿Qué? ¿Más baja? ¡Y vuelve!

HELENA   Hermia gentil, no estés conmigo tan amarga.
Yo desde siempre, Hermia, te he querido bien,
seguí siempre tu consejo, nunca te he injuriado;
si no es que hoy, enamorada de Demetrio,
le hablé de tu furtiva huida aquí a este bosque;
él te siguió; yo lo seguí por amor suyo;
pero a voces él de aquí me ha echado, amenazándome
con herirme, acocearme, sí, y también matarme.
Y ahora, solo que me dejes irme en paz,
a Atenas llevaré de vuelta mi locura,
y no más os seguiré. Dejad que marche.
Ya ves cómo de simple y de insensata soy.

HERMIA   Bien: quítate de en medio. ¿Quién te lo retrasa?

HELENA   Un loco corazón que dejo aquí detrás.

HERMIA   ¿Qué dices? ¿Con Lisandro?

HELENA   Digo con Demetrio.

LISANDRO   No temas: ella, Helena, no ha de hacerte daño.

DEMETRIO   No hará, a fe, aunque tú te pongas de su parte.

HELENA   Ah, cuando está enojada, es viva y pendenciera;
cuando andaba a la escuela, era ya una gata;
y aunque es más bien pequeña, es toda una furia.

HERMIA   ¿«Pequeña» otra vez? ¿No más «pequeña» y «baja»?
        ¿Por qué consientes tú que me escarnezca así?
        Déjame llegarme a ella.
LISANDRO   ¡Quita atrás, enana!
        Tú, miniatura, harta de nabizas pochas,
        bellota, garbancillo.
DEMETRIO   Harto atento andas
        en apoyar a quien rechaza tus servicios.
        Déjala en paz a Helena; no hables más de Helena;
        no tomes su partido; porque si te alargas
        a mostrar jamás ni tanto así de amor por ella,
        lo pagarás.
LISANDRO   Ya esa no me agarra:
        sígueme ahora, si osas, a probar quién de ambos,
        si tú o yo, tiene en Helena más derecho.
DEMETRIO   ¿Seguirte? Sí, contigo voy, de cara a cara.

                Salen LISANDRO *y* DEMETRIO.

HERMIA   Por mor de usted, señora, es todo este alboroto.
        No, no recules.
HELENA   Esta en ti ya no se fía,
        ni más se queda en tu guerrera compañía.
        Tus manos son más listas para armar refriega,
        pero más mis piernas largas para salir corriendo.

                            Sale.

HERMIA   Pasmada estoy, y qué decir ni sé ni entiendo.

                            Sale.

OBERÓN   Esto es por tu descuido. Has vuelto a equivocarte,
        o ya es que estás armando adrede tus enredos.
COQUITO   Créeme, rey de sombras, que me equivoqué.
        ¿No me dijiste que reconocería al hombre
        por las galas atenienses que llevara encima?
        Pues en tanto, mi gestión irreprochable ha sido,
        en cuanto que he unos ojos de ateniense ungido;
        y en tanto, estoy contento del rumbo que toma:

que estimo su reyerta divertida broma.

OBERÓN   Ves que los galanes buscan sitio para duelo.
Así que, aprisa, duende: echa a la noche un velo;
la bóveda estrellada cúbrela ahora mismo
de lánguida tiniebla negra como abismo,
y a esos rivales escocidos extravía
de modo que uno y otro nunca crucen vía:
haz a veces tu voz que a Lisandro semeje,
y que a Demetrio así con agrio ultraje veje;
a veces como Demetrio insulta en grito bravo,
y tan lejos uno de otro empújalos que al cabo
con pies de plomo y alas de murciego el sueño
se les pose, imitador de muerte, sobre el ceño.
En los ojos de Lisandro entonces esta yerba
exprime, cuyo zumo la virtud reserva
de hacer borrar toda ilusión de su mirada
y girar sus globos con la vista acostumbrada.
De que despierten luego, toda esta irrisión
se les antoje sueño y vana aparición;
y a Atenas de regreso los amantes vuelvan
en lazos que en la muerte solo se disuelvan.
Mientras en este asunto te me empleas tú,
iré a mi reina, y le pediré su paje hindú;
entonces libraré sus ojos del encanto
y amor del monstruo, y todo en paz y todo santo.

COQUITO   Mi hermoso dueño, eso hay que hacerlo presto: los
                                              [rápidos dragones
de la noche a toda prisa cortan nubarrones,
y allá el macero de la Aurora está brillando,
que las ánimas ante él, de acá hacia allá vagando,
se atropan a sus tumbas; toda alma maldita,
a quien olas o encrucijada entierro mal imita,
ya se han marchado a sus yacijas gusanientas,
por miedo de que el día mire sus afrentas:
ellas solas por siempre de la luz se exilian
y con la noche cejinegra se concilian.

OBERÓN   Pero nosotros somos ánimas de otra calaña.

Con el novio del Alba a veces yo en compaña
retozo, y tal cual montaraz los bosques huello
hasta que el portón de Oriente, ya en rojo destello
abriendo sobre el ponto, en luz de gloria suma
en oro torna el verde de su salada espuma.
Mas sin embargo, ¡aprisa!, no hagas más demora.
Podemos acabarlo aun antes de la aurora.

Sale.

COQUITO   De acá para allá,
de acá para allá,
los llevaré de acá para allá.
A mi se me teme
en campo y ciudad.
Llévalos, duende de acá para allá.
Aquí viene uno.

Entra LISANDRO.

LISANDRO   ¿En dónde estás, bravo Demetrio? ¡Eh, responde!
COQUITO   Aquí, vil, espada en mano y listo. Y tú ¿en dónde?
LISANDRO   Estoy contigo al punto.
COQUITO   Sígueme a lugar.
más despejado.

Sale LISANDRO. *Entra* DEMETRIO.

DEMETRIO   ¡Eh, Lisandro! ¡Vuelve a hablar!
¡Desertor, cobarde! ¿Huiste? ¡Habla, que te insulto!
¿En alguna zarza? ¿En dónde estás guardando el bulto?
COQUITO   ¡Cobarde tú!: ¿fanfarroneando a las estrellas,
diciéndoles a las zarzas que buscas querellas,
y sin acudir? ¡Ven renegado! ¡Ven, mocoso!
Te sobaré con un garrote: es deshonroso
sacar espada contra ti.
DEMETRIO   Ah, ¿estás ahí?
COQUITO   Sigue a mi voz. No es cosa de batirse aquí.

Salen.

ESCENA III

Entra LISANDRO.

LISANDRO   Delante de mí va, y aún se me hace el bravo:
cuando llego a donde llama, no hay de él ni rabo.
El villano me aventaja en menear la taba:
le seguía aprisa: más aprisa el vil volaba;
hasta que he caído en tierra desigual, sombría;
y aquí he de reposarme.

Se tiende.

Ven, oh dulce día:
que no más que me asomes con tu luz grisienta,
encontraré a Demetrio y vengaré esta afrenta.

Duerme.
Entran COQUITO *y* DEMETRIO.

COQUITO   ¡Jo! ¡Jo! ¡Cobarde, jo! ¿Por qué no te me arrimas?
DEMETRIO   Aguárdame, si te atreves: cato tus esgrimas,
correr delante, a saltos de un lugar en otro,
sin osar parar un punto ni mirarme al rostro.
¿En dónde estás ahora?
COQUITO   Ven acá: aquí paro.
DEMETRIO   ¡Ah, ya! Me haces burla. Has de pagarlo caro,
solo que a la luz del alba ver tu faz consiga.
Ahora, ve con Dios. Me fuerza la fatiga
a que mida mi estatura en esta cama fría.
Espera mi visita al apuntar del día.

Se tiende y duerme.
Entra HELENA.

HELENA   Oh, grave noche, oh, noche fatigosa y larga,
¡caigan tus horas! ¡Luzca algún consuelo al este!
Que de día a Atenas torne y libre de la carga
de mi compañía a quien la odia como peste;

y el sueño, a quien la pena el peso a veces fía,
me robe un rato de mi propia compañía.

Duerme.

COQUITO   ¿Solo tres? ¡Venga una más!
Dos de alante y dos de atrás
hacen cuatro, y ris con ras.
Ahí viene ella
con su pena y su querella.
¡Ah, Cupido,
qué bandido,
que enloquece con sus cuitas
a las pobres mujercitas!

Entra HERMIA.

HERMIA   Jamás tan fatigada, nunca tan en pena;
rota de zarzas, empapada de rocío;
no más puedo arrastrarme; ya no más cadena;
mis piernas ya no dan a mis deseos brío.
Aquí reposaré hasta tanto que clarea.
¡Guarde el cielo a Lisandro, si hay al fin pelea!

Se tiende y duerme.

COQUITO   Sobre la tierra
sus ojos cierra;
duerman sueño
como leño.
Dulce amante,
en tu ojo ciego
yo restriego
droga que te desencante.

Exprime la yerba
sobre los párpados de LISANDRO.

Al despertar,
habrás de hallar
todo gozo

y alborozo
en la mirada
de tu antigua enamorada.
Y el refrán de la vieja,
«Cada oveja su pareja»,
cuando despiertes,
lo tendrás por moraleja.
Juan con su Juana.
Ninguna nuez vana.
El hombre hallará
su yegua otra vez,
y todo irá bien.

Sale.

CUARTO ACTO

ESCENA I

El bosque. LISANDRO, DEMETRIO, HELENA, HERMIA, *dormidos todos en el suelo. Entra* TITANIA, *reina de hadas,* y SENTAJO *el payaso, y* HADAS, FREJOLILLO, TELARAÑA, POLILLA, MOSTACILLA, *y otros; el rey* OBERÓN, *detrás de ellos.*

TITANIA   Ven: en florido lecho aquí, gentil, recuesta,
mientras mi mano tus mejillas acaricia,
engarzando musqui-rosas en tu suave testa,
y beso tus orejas grandes, mi delicia.

SENTAJO   ¿Dónde está Frejolillo?

FREJOLILLO   A la orden.

SENTAJO   Ráscame la cabeza, Frejolillo. ¿Dónde está monsiur Telaraña?

TELARAÑA   A la orden.

SENTAJO   Monsiur Telaraña, gentil monsiur, tome su arma en mano, y máteme un abejorro de pintas rojas sobre la punta de un cardo en flor, y, amable monsiur, tráigame su bolsita de miel. No se apresure demasiado en la empresa, buen monsiur; y, ah, monsiur, tenga cuidado de que la bolsita de miel no estalle: me sería aborrecible verle a usted escurriendo de miel por todas partes, señoría. ¿Dónde está monsiur Mostacilla?

MOSTACILLA   A la orden.

SENTAJO   Présteme su rascanta, monsiur Mostacilla. Por favor, déjese de reverencias, gentil monsiur.

MOSTACILLA   ¿Qué es lo que se os ofrece?

SENTAJO   Nada, gentil monsiur, sino que ayude al caballero Frejolillo en arrancarme. Tengo que ir al barbero, mi señor; porque se me hace que estoy asombrosamente peludo por la cara; y soy

un jumento tan delicado que, solo con que el pelo me cosqui-
llee, ya tengo que arrancarme.

TITANIA   ¿Qué, dulce amor?: ¿quieres oír algo de música?

SENTAJO   Tengo un oído bastantemente bueno pa la música. ¡Venga
de palillos y de sartenes!

Sartenes, música rural.

TITANIA   O di, mi dulce amor, ¿qué gustas de comer?

SENTAJO   A fe mía, un celemín de algarrobas. O podría roer avena,
de esa buena y bien seca. Se me da que tengo un gran antojo de
un paco de heno: buen heno, heno dulce: no tiene parigual.

TITANIA   Tengo un hada atrevida que buscará en la hura
de la ardilla, y postre te traerá de nueces nuevas.

SENTAJO   Más a gusto me tomaría un puñado o dos de arvejas pa-
sas. Pero, te lo ruego, que ninguno de los de tu gente me estre-
mezca ahora. Siento que me está entrando una fuerte esposición
al sueño.

TITANIA   Ah, duerme tú, que yo te meceré en mis brazos.
Hadas, partid, y estad en torno a todo rumbo.

Salen las HADAS.

Así con el gentil jazmín la madreselva
tierna se enlaza; así la femenina hiedra
engarza los leñosos dedos de su olmo.
¡Oh, cuánto bien te quiero! ¡Oh, cómo me enamoras!

Duermen.
Entra COQUITO, *el duende buen-amigo.*

OBERÓN   Buen duende, bienvenido. ¿Ves qué tierna escena?
De su enamoramiento empiezo a apïadarme.
Que es que hace un rato a ella la encontré en el bosque,
prendas de amor buscando para este vil payaso,
y allí le eché la bronca y regañé con ella:
pues había sus vellosas sienes coronado
de frescas y fragantes flores en guirnalda;
y el mismo aquel rocío que en los capullos antes
henchíase en redondas perlas de alto oriente

pendía allí en los ojos de las florecillas
como lágrimas que lamentaran su deshonra.
Cuando a mi gusto me hube bien mofado de ella,
y en humildes modos ella me pidió paciencia,
le exigí entregarme al transmutable pajecillo;
que al punto me lo dio, y mandó a uno de sus genios
llevármelo a mis cámaras de Duendilandia.
Conque ahora, ya que tengo al niño, desharé
ese extravío aborrecible de sus ojos.
Y tú, Coquito, quita ese hechizado cráneo
de la cabeza de ese zagalón de Atenas;
que al despertar al mismo tiempo que los otros,
todos a Atenas de retorno se retiren,
y no más piensen en los sucesos de esta noche
que como el asendereo de una pesadilla.
Pero antes liberaré a la Reina de las Hadas.

Exprime la yerba sobre los párpados de TITANIA.

Sé como solías ser;
ve como solías ver.
Contra la flor
del dios de amor
el pimpollo de Diana
tiene fuerza soberana.
Mi dulce reina, ¡eh! ¡Despierta ya, Titania!

Despierta TITANIA.

TITANIA   Oberón, ¡qué aparición he visto tan extraña!
se me antojaba estar de un burro enamorada.
OBERÓN   He ahí tu amor.
TITANIA   ¿Qué ha sido tan mala pasada?
¡Ah, cómo ahora a mis ojos
el ver su cara les da enojos!
OBERÓN   Silencio un tanto. Duende, ¡fuera esa cabeza!
¡Música, Titania!, y haz que en más que usual modorra
se hundan estos cinco, y su sentido borra.
TITANIA   ¡Eh, hola! ¡Un son que aduerma como beleño!

Sigue la música.

COQUITO   Luego ya que te deje el sueño,
ve con los ojos de tonto que sueles.
OBERÓN   ¡Tímpanos, cascabeles!
Ven, reina mía, enlaza tus manos con mis manos,
y mece el suelo en donde duermen los humanos.

Danzan.

Ahora tú y yo somos nuevos en amor;
y mañana a media noche haremos triunfo y danza
en la casa de Teseo en gala y en primor
bendiciéndola por siempre en toda bienandanza.
Allí esas dos parejas de amantes leales
junto con Teseo harán festivos esponsales.
COQUITO   Rey de hadas, oye, espera:
es la alondra mañanera.
OBERÓN   Pues entonces, reina, es hora
que emprendamos sin demora
viaje y ronda taciturna
yendo en pos de la nocturna
sombra que huye. El globo entero
nuestra tropa lo circunda
más ligero
que la luna vagabunda.
TITANIA   Ven, señor, y en nuestra huida
vuelo a vuelo
cuéntame por quién o cuáles
esta noche sobre el suelo
me he encontrado adormecida
a la par de esos mortales.

Salen.
Suena trompa.
Entra TESEO *y todo su séquito,* HIPÓLITA, EGEO.

TESEO   Vaya uno de vosotros, busque al guardabosques.
Pues ya que hemos cumplido el ritual del Mayo,

y que aún vamos llevando el día de vanguardia,
mi amor oirá la música de mis lebreles.
Desatad a la jauría en el valle del Oeste;
soltadlos. Pronto, digo, hallad al guardabosques.

Sale uno del séquito.

Vamos, hermosa reina, a la cumbre del monte,
y oigamos desde allí la música discorde
de los galgos y los ecos en confuso acorde.

HIPÓLITA   Estaba yo una vez con Hércules y Cadmo
cuando en Creta acosaban en un bosque al oso
con sabuesos de Esparta. Nunca tan famoso
alboroto pude oír: pues, junto con los sotos,
los cielos, prados, fuentes, todo el campo en torno,
parecían en un grito responder. No oí nunca
tan musical discordia, tan alegre trueno.

TESEO   Mis sabuesos son cría de espartana raza,
igual de chatos y terrosos, y les cuelgan
orejas que el rocío de la mañana barren,
paticorvos, con papada de toros tesalios,
lentos al alcance, mas parejos como esquilas
en voz y contravoz; más música jauría
nunca respondió a clamor azuzador ni cuerno
en Creta ni en Esparta misma ni en Tesalia.
Juzga al oír. Mas ¡tiento!: ¿qué ninfas son esas?

EGEO   Mi señor, esta es mi hija, aquí sumida en sueño;
y este, Lisandro es; ese de allí es Demetrio;
esta es Helena, hija del viejo Nedar;
me asombro de qué es esto de estar aquí juntos.

TESEO   Será que madrugaron a cumplir el rito
del Mayo, y al oír de nuestras intenciones,
aquí han venido en gracia de nuestro festejo.
Pero dime, Egeo: ¿no era este el día que Hermia
debía dar respuesta de su decisión?

EGEO   Este es, señor.

TESEO   Ve tú, y encarga
a los cazadores que los despierten con sus cuernos.

Sale un criado. Vocerío dentro. Tañen cuernos.
Se despiertan todos sobresaltados.

Buen día, amigos. Ya pasó San Valentín:
¿tan tarde empiezan a aparearse ahora
los pájaros del bosque?

LISANDRO   Perdón, señor.

Se arrodillan.

TESEO   En pie, en pie, os lo ruego, todos.
Bien sé que sois los dos rivales enconados:
¿cómo ha venido al mundo un tal amable acuerdo,
que el odio tan lejano de sospecha duerma
al pie del odio, sin temer ningún embate?

LISANDRO   Mi señor, responderé, un tanto atolondrado,
medio en vela y dormido; mas con todo, os juro,
no sé en verdad decir cómo hasta aquí he venido.
Pero pensando bien (pues bien decir querría
verdad), y ahora caigo en ello..., sí, así es:
aquí con Hermia vine. Nuestro intento era
huir fuera de Atenas, en donde pudiéramos,
sin el peligro de la ley ática encima...

EGEO   ¡Ya basta, basta! Mi señor, tenéis bastante;
la ley, la ley reclamo sobre su cabeza.
Se querían escapar. Demetrio, eso querían,
y con ello a ti y a mí dejarnos defraudados,
de tu esposa a ti y a mí de mi consentimiento,
mi consentimiento de que fuera esposa tuya.

DEMETRIO   Mi señor, la hermosa Helena me habló de su escapada,
del rumbo hacia este bosque que se proponían;
y yo en mi furia aquí siguiéndolos me vine,
a mí siguiéndome en su pasión la hermosa Helena.
Pero, mi buen señor, no sé por qué poder
(pero algún poder ha sido), ya mi amor por Hermia,
fundido como la nieve, se me antoja ahora
como el recuerdo de algún vago jugueteo
de que hubiera en mi niñez estado apasionado;

y toda ya la fuerza y fe de mi corazón,
la prenda y el deleite de mis ojos, es
tan solo Helena. Yo con ella, mi señor,
estaba desposado antes de ver a Hermia:
como por enfermo, aborrecí de ese manjar;
mas como de sano, vuelto al gusto natural,
ahora lo deseo y amo, ya por él suspiro,
y habré por siempre ya de serle fiel a él.

TESEO   Nobles amantes, dicha ha sido vuestro encuentro.
De este argumento luego oiremos más despacio.
Egeo, he de pasar sobre tu voluntad:
pues en el templo, de aquí a poco, con nosotros,
se enlazarán estas parejas para siempre.
Y, como la mañana va algo ya gastada,
se dejará de lado nuestra cacería.
¡En marcha! A Atenas con nosotros. Tres con tres
celebraremos el solemne regocijo.
Vamos, Hipólita.

Salen el duque TESEO, HIPOLITA, EGEO *y señores.*

DEMETRIO   Semejan estas cosas vagas, imprecisas,
como montañas lejos que se tornan nubes.

HERMIA   Parece verse todo con torcidos ojos,
cuando se antoja todo doble.

HELENA   Así parece;
y he encontrado a Demetrio como joya perdida:
la mía ya, y aún no mía.

DEMETRIO   ¿Estáis seguros
de que estamos despiertos? A mí se me antoja
que aún dormimos, y soñamos. ¿No os parece
que el duque estuvo aquí y que nos mandó seguirle?

HERMIA   Ah, sí, y mi padre.

HELENA   Y también Hipólita.

LISANDRO   Y nos mandó que le siguiéramos al templo.

DEMETRIO   Pues bien, entonces ¿qué?: despiertos sí que estamos.
Sigámosle, y por el camino
recontémonos los sueños que soñamos.

Salen.

SENTAJO   (*Despertándose.*) Cuando me toque entrar, llamarme y yo responderé. Me toca con aquello de «Píramo el más hermoso». ¡Ey! ¡Eh! ¡Pedro Membrillo! ¡Flautín el remiendafuelles! ¡Morros el estañador! ¡Hambrón! ¡Vive Dios! ¡Escapados, y dejándome a mí dormido! He tenido una aparición de lo más extraño. He tenido un sueño..., no cabe en seso de hombre decir qué sueño era. Asno será el hombre si anda por ahí desemplicando semejante sueño. Me parecía que yo era..., no hay hombre que sea capaz de decir qué. Me parecía que era..., y me parecía que tenía... Pero tonto de capirote es el hombre si presumiere de decir lo que yo tenía. El ojo del hombre no tiene oído, el oído del hombre no tiene vista, la mano del hombre no puede oler, su lengua concebir ni su corazón contar lo que mi sueño era. Voy a convencer a Pedro Membrillo que escriba un romance sobre este sueño. Se entitulará «El Sueño de Sentajo», porque no tiene bajo ni tajo; y yo lo cantaré al final del fin de una comedia delante de Su Gracia el duque. O pué darse caso que, para hacerlo más gracioso, lo cante a la muerte de Su Gracia.

Sale.

ESCENA II

Atenas. En casa de Pedro Membrillo.
Entran MEMBRILLO, FLAUTÍN, MORROS *y* HAMBRÓN.

MEMBRILLO   ¿Habéis mandao recado a casa de Sentajo? ¿No ha vuelto a casa entodavía?

HAMBRÓN   No hay manera de saber de él. No cabe duda que ha sufrido alguna transemigración.

FLAUTÍN   Si no vuelve, entonces se jorobió la comedia. No puede seguir adelante, ¿no?

MEMBRILLO   No será posible: no se encuentra un hombre en toda Atenas capaz de desempeñar un Píramo más que él.

FLAUTÍN   Ay, no: él tiene sencillamente el mejor seso de cualquier menestral de Atenas.

MEMBRILLO   Ay, sí, y también la mejor figura; y es un verdadero pederasta en la dulzura de la voz.

FLAUTÍN   «Peridasta» debes decir. Un pederasta es (¡Dios nos perdone!) una cosa poco fina.

Entra JUSTÍN *el ebanista.*

JUSTÍN   Maestres, el duque está saliendo del templo, y ahí hay dos o tres caballeros y damas más que se han casado. Si nuestro entretenimiento hubiera ido adelante, nos habrían hecho a todos unos hombres de pro.

FLAUTÍN   ¡Ah, bendito matasietes de Sentajo! Ve ahí cómo se ha perdido seis peniques al día de renta vitalicia; os digo que no escapaba con menos de seis peniques al día; si el duque no le daba seis peniques al día por hacer de Píramo, me dejaba yo colgar; eso es lo que habría ganao: seis peniques de Píramo al día, o nada.

Entra SENTAJO.

SENTAJO   ¿Dónde están esos rapaces? ¿Dónde están esas prendas?

MEMBRILLO   ¡Sentajo! ¡Oh, día el más encorajinado! ¡Oh, la más feliz de las horas!

SENTAJO   Maestres, estoy pa despotricaros maravillas; pero no me pregunten qué; porque, si os lo cuento, no soy un ateniense como Dios manda. Os contaré cosa por cosa, tal y como fue ocurriendo.

MEMBRILLO   Di, te escuchamos, gentil Sentajo.

SENTAJO   De mí, ni una palabra. Todo lo que voy a contaros es que el duque ha almorzado. Juntad vuestros aparejos, buenas cuerdas para las barbas, cintas nuevas pa los chapines; andar a encontrarnos imediatamente en palacio; que cada hombre coja y repase su papel; pues lo que hay en resumidas cuentas es que nuestra comedia ha sido la elegida. En cualquier caso, que Tisbe se ponga enaguas limpias; y el que haga de león, que no se recorte las uñas: pues tós van a estar pendientes de las garras del león. Y, ah mis carísimos aztores, no comáis cebollas ni ajo, porque tenemos que echar un suavísimo aliento; y no me cabe duda que les hemos de oír decir «Es un drama suavísimo». No más palabras: ¡andando!, ¡hale, andando!

Salen.

QUINTO ACTO

ESCENA I

Atenas. El palacio de Teseo.
Entran TESEO, HIPÓLITA, FILÓSTRATO, *señores y séquito.*

HIPÓLITA   Raro es, mi Teseo, lo que cuentan esos
enamorados.

TESEO   Raro más que verdadero:
no he de creer nunca en esas fábulas antiguas
y niñerías de hadas: enamorados como locos
tienen el seso tan hirviente y fantasías
tan configuradoras, que perciben más
que pueda nunca concebir la razón fría.
El lunático, el enamorado y el poeta
son todos ensamblados de imaginación:
uno ve más diablos que en el vasto infierno quepan:
ese es el loco; el enamorado, igual de orate,
ve la beldad de Helena en un ceño moruno;
ojo de poeta, en puro frenesí girando,
mira de cielo a tierra, de la tierra al cielo,
y según la imaginación va incorporando ideas
de cosas nunca vistas, la pluma del poeta
las torna en formas, y le da a la aérea nada
un punto de localidad y un nombre propio.
Tal son las mañas de una fuerte imaginación,
que, solo que tal vez perciba una alegría,
concibe ya algún ser que aporta esa alegría;
o ya en la noche imaginando un miedo bobo,
¡qué fácil una zarza se convierte en lobo!

HIPÓLITA   Pero toda la historia que de esta noche cuentan

y sus almas todas a una así transfiguradas
atestiguan de algo más que meras fantasías
y montan a algo de importante consistencia;
mas, sea como sea, raro y admirable.

TESEO   Ahí vienen los amantes llenos de alborozo.

Entran LISANDRO, DEMETRIO, HERMIA *y* HELENA.

¡Alegría, amables compañeros, alegría!,
y que amor en siempre fresco día siga al par
de vuestros corazones.

LISANDRO   ¡Mayor que la nuestra
escolte tus reales pasos, mesa y lecho!

TESEO   Veamos pues: ¿qué danzas, qué sarao tendremos
que consuman esta larga era de tres horas
que va de nuestra cena al tiempo de acostarse?
¿Dónde está nuestro usual ministro de regocijos?
¿Qué fiestas hay a mano? ¿No hay una comedia
que calme la ansiedad del tiempo torturante?
A Filóstrato llamad:

FILÓSTRATO   Aquí, noble Teseo.

TESEO   Di, ¿qué pasatiempo tienes para nuestra noche?
¿Qué máscaras, qué música? ¿Cómo engañaremos
al tiempo perezoso sino con festejos?

FILÓSTRATO   He ahí la lista de diversiones que hay a punto:
escoja vuestra alteza la que ver primero.

Le da un papel.

TESEO   (*Leyendo.*) «La batalla contra los Centauros, entonada
por un eunuco ateniense al son del harpa.»
No, nada de esto: ya se lo narré a mi amada
yo mismo, a gloria y prez de mi pariente Hércules.
«El feroz motín de las Bacantes embriagadas
descuartizando en furia al Músico de Tracia.»
Este es invento viejo; y ya se representó
la última vez que vine vencedor de Tebas.
«Las tres veces tres Musas llorando la muerte
de la Ciencia, fallecida en mísera pobreza.»

Esto es alguna sátira, crítica y aguda,
que con una ceremonia nupcial no cuadra.
«Tediosa y breve escena del amante Píramo
y de Tisbe su amor: muy trágico regocijo.»
¡Trágico y regocijado! ¡Tedioso y breve!
Esto es, hielo caliente y rara nieve ardiendo.
¿Cómo hallar la concordia de esta discordancia?

FILÓSTRATO   Es una obra, señor, de unas diez palabras,
que así es tan breve como nunca he visto drama;
pero, mi señor, de larga le sobran diez palabras,
lo cual la hace tediosa: porque en todo el drama
no hay una palabra justa, un comediante propio;
y trágica, muy noble mi señor, lo es:
pues en ella Píramo a sí mismo se da muerte;
lo cual, cuando les vi el ensayo (lo confieso)
me hizo llorar los ojos; pero fue de risa:
nunca regocijo alguno derramó más lágrimas.

TESEO   ¿Qué gente son los que lo representan?

FILÓSTRATO   Hombres
de callosas manos que laboran en Atenas,
que jamás su espíritu trabajaron hasta ahora,
y ahora han fatigado sus memorias cortas
en este drama, con la mira en vuestras bodas.

TESEO   Y que lo escucharemos.

FILÓSTRATO   No, mi buen señor:
no es para vos: lo he oído yo de cabo a rabo,
y nada es, nada de nada; a no ser que encontréis
deleite en ver sus intenciones estiradas
al extremo y machacadas en cruel estudio
por haceros servicio.

TESEO   Escucharé ese drama;
pues nunca puede cosa ser inoportuna
cuando deber y sencillez al par lo ofertan.
Ve, tráelos. Y ocupen sus asientos, damas.

Sale FILÓSTRATO.

HIPÓLITA   No gusto en ver a la miseria sobrecargada
  y el deber cayendo en cumplimiento de su servicio.
TESEO   ¿Qué, dulce amor? Nada has de ver de tales cosas.
HIPÓLITA   El dice que no valen nada en ese arte.
TESEO   Mayor nuestra bondad, en dar por nada gracias.
  Nuestro placer será aviar a bien lo que ellos
  a mal desvíen; y el obsequio que no puede
  deber humilde dar por sí, respeto noble
  en la intención y no en el mérito lo toma.
  Al ir yo a un sitio, grandes sabios se han propuesto
  hacerme salva en ensayadas bienvenidas:
  cuando los pude ver temblar, pararse pálidos,
  quedarse haciendo en medio de una frase punto,
  ahogar su practicada elocución el miedo,
  y en conclusión, que en vil silencio se cortaban
  sin darme la bienvenida, créeme, mi hermosa:
  una bienvenida aún saqué de ese silencio,
  y en la modestia del deber empavorido
  tanto leí como en la lengua de carraca
  de la elocuencia respondona y atrevida.
  El amor así, y la sencillez lengüitrabada,
  lo más dice en lo menos, y habla todo en nada.

Vuelve FILÓSTRATO.

FILÓSTRATO   Con la venia de Su Gracia, el Prólogo está listo.
TESEO   Que venga acá.

Floreo de trompetas.
Entra el PRÓLOGO (MEMBRILLO)*.*

PRÓLOGO   Si os ofendemos, es con toda la intención.
  Que no creáis que aquí con buena voluntad
  venimos a ofender, sino de corazón;
  de haceros ver nuestra muy torpe habilidad,
  comienzo cierto a nuestro fin y conclusión.
  No dudéis por tanto, pues, que aquí venimos más
  que con rencor y enfado. No venimos, pues,
  a daros regocijo. Nuestro intento más

profundo se dirige y es nuestro interés.
Tan solo aquí a proporcionaros diversión
no estamos. Para hacer que os arrepintáis
los actores están listos. Por su propia acción
entenderéis cuanto en vos quepa que entendáis.

TESEO   Este camarada no se para en barras ni en puntos.

LISANDRO   Ha trotado sobre su prólogo como en potro sin domar: no sabe usar del freno. Una buena moraleja, mi señor: no basta hablar con son, sino también con ton.

HIPÓLITA   Ah, sí: ha tañido en su prólogo como un niño en un manubrio: una música, pero sin gobierno.

TESEO   Su discurso era como una cadena enratijada: nada había roto, pero todo desconcertado. ¿Quién viene ahora?

Entran PÍRAMO *y* TISBE, PARED, CLARO-DE-LUNA *y* LEÓN.

PRÓLOGO   Damas y caballeros, bien pudiera ser
que este espectáculo os asombre; mas continuad
asombrados hasta tanto que haga esclarecer
todas las cosas la verdad.
Este hombre es Píramo, si lo queréis saber;
esta bellida dama es Tisbe en propiedad.
Este hombre con revoco y cal es la Pared,
la vil Pared que a esos amantes parte en dos;
y por su raja, pobres, van de vez en vez
a susurrar; lo cual comprende todo Dios.
Este, con linterna, perro y rama de espinar
representará el Claro-de-luna; pues hais de saber
que a la luna estos amantes se iban a encontrar
a la tumba del rey Nino, sin desmerecer,
allí, allí a decirse amores y arrullar.
Esta espantable bestia, llamada León
por nombre, a la fiel Tisbe, que se adelantó
a llegar allí de noche, la asustó; o no:
mejor dicho, diré que la aterrorizó;
y al escapar, su manto lo dejó caer;
el cual el vil León con su bocaza vil
y ensangrentada lo manchó;

al punto viene a aparecer
el joven Píramo, tan lindo y tan gentil,
y halla asesinado el manto de su Tisbe fiel;
a lo cual, con filo, filo sangriento y cruel
bravamente ensartó su hirviente corazón;
y Tisbe, que se retrasa, a la sombra de un moral
su daga saca y muere. Más explicación
os la darán con un detalle general
León, Pared, Claro-de-luna, amantes dos,
mientras aquí en presente se hallen ante vos.

Salen PRÓLOGO, PÍRAMO, TISBE, LEÓN *y* CLARO-DE-LUNA.

TESEO   Me pregunto si también el león va a hablar.

DEMETRIO   No hay de qué asombrarse, mi señor: bien puede hacerlo un león, cuando tantos asnos lo hacen.

PARED   Sucede en trance tal que, siendo yo a mi vez
Morros por nombre, represento una pared;
y tal pared que, como quiero que se entienda,
tenía en sí una hendija o raja o grieta o hienda,
por donde los amantes, Tisbe y Piramó
susurraban a menudo, muy en secreto, oh.
Esta argamasa, este revoco y piedra muestra
que soy la tal pared. De eso no hay dudar.
Y aquesta es la rendija, a diestra y a siniestra,
por donde los amantes han de susurrar.

TESEO   ¿Podríais pedir que hablaran mejor arcilla y mampostería?

DEMETRIO   Es el tabique más ingenioso de cuantos he oído hablar,
señor.

Entra PÍRAMO.

TESEO   Píramo está arrimándose a la pared. ¡Silencio!

PÍRAMO   ¡Oh, noche fosca, noche de sombra sombría!
¡Oh, noche que estás siempre cuando no es de día!
¡Oh, noche, oh, noche ay, ayáy, oh, ay, ay, oh!,
¿si habrá olvidao mi Tisbe lo que prometió?
Y tú, oh, pared, pared amante como madre,
que te alzas entre mi solar y el de su padre,

oh, tú, dulce pared, enseña la rendija
a través de la cual mi vista se dirija.

La PARED *pone en alto los dedos.*

Gracias, gentil pared.
Que por esta merced
Júpiter te proteja y colme de fortuna.
Pero ¿qué veo? ¡Ay! No veo Tisbe alguna.
Oh, malvada pared,
por tal engaño y tal doblez
¡tu piedra sea maldecida y maldicha!

TESEO   La pared, creo yo, sensible como es, debía a su vez echarle
maldiciones.

PÍRAMO   No, en verdad, señor: «maldecida y maldicha» es la entrada para Tisbe. Ella va a entrar ahora, y yo voy a mirarla a través
de la pared. Ya veréis cómo todo sale clavao como os lo he dicho. Allá se acerca ella.

Entra TISBE.

TISBE   Pared, oh, ¡cuánta vez oíste mi gemido
por separarme de mi Píramo garrido!
Mis labios de cereza dieron ¡cuánto beso
a tus piedras, ay, sí,
las piedras que en ti traban argamasa y yeso!

PÍRAMO   Veo una voz. A la rendija es bien que atisbe
a ver si puedo oír la cara de mi Tisbe.
¡Ah, Tisbe!

TISBE   ¡Ah, mi amor! Eres mi amor (yo creo).

PÍRAMO   Cree lo que quieras. Soy la gracia y el deseo
de tu leal amante,
que a fiel no hay Alimandro que se me dispute.

TISBE   Y yo, fiel y constante
como Herilena, hasta que el Hado me ejecute.

PÍRAMO   Ni Encéfalo a Procusta fue de fiel así.

TISBE   Como Procusta a Encéfalo, así yo para ti.

PÍRAMO   ¡Oh, bésame por la rendija
de esta pared pesada!

TISBE   Pared beso y rendija,
    mas de tus labios, nada.

PÍRAMO   ¿Quieres junto a la tumba del rey Nino
    salirme al punto al paso?

TISBE   O vida o muerte llueva el sino,
    allá voy sin retraso.

Salen PÍRAMO *y* TISBE.

PARED   Con esto, yo, Pared, con mi papel cumplí;
    y ya cumplido, yo, Pared, me voy de aquí.

Sale.

TESEO   Ahora se ha caído el tabique entre los dos vecinos.

DEMETRIO   Inevitable, mi señor, cuando las paredes ponen tanto empeño en oír sin dar aviso.

HIPÓLITA   Esto es la cosa más tonta que jamás he oído.

TESEO   Las obras mejores en este género no son más que sombras; y las peores no son peores que las otras, si las enmienda la imaginación.

HIPÓLITA   Habrá de ser entonces tu imaginación, no la de ellos.

TESEO   Si no imaginamos peor de lo que ellos de sí mismos imaginan, podrán pasar por hombres excelentes. Aquí vienen entrando dos nobles bestias, un hombre y un león.

Entran LEÓN *y* CLARO-DE-LUNA.

LEÓN   Vosotras, damas, cuyos dulces corazones
    se asustan del más mínimo de los ratones,
    horrendo monstruo por el suelo que se escurra,
    acaso ahora se os ocurra
    echaros a temblar y armar la escandalera,
    cuando el león salvaje ruja en rabia fiera.
    Pues bien: sabed que yo soy en persona
    un tal Justín el ebanista,
    pelleja de león (está a la vista),
    pero en el resto, ni león ni aun leona;
    que si en plan de león viniera a hacer esgrima
    a tal mansión, menuda se me cae encima.

TESEO   Una fiera muy cortés, y de conciencia escrupulosa.

DEMETRIO   De cuantas he visto, señor, no hay fiera que prefiera.

LISANDRO   Este león, en valentía, es un verdadero zorro.

TESEO   Verdad; y en discreción, un ganso.

DEMETRIO   Eso no, mi señor: pues su valentía no puede alcanzar a su discreción, y el zorro alcanza al ganso.

TESEO   Lo que es seguro es que su discreción no puede alcanzar a su valentía: pues el ganso no alcanza al zorro. Bien está. Dejémoslo a su discreción, y escuchemos a la luna.

CLARO-DE-LUNA   Representa esta linterna la cornada luna...

DEMETRIO   Los cuernos tenía que haberlos llevado en la cabeza.

TESEO   No es el cuarto creciente, y así los cuernos están ocultos en su esfera.

CLARO-DE-LUNA   Representa esta linterna la cornada luna; yo el hombre de la luna debo parecer.

TESEO   Ese es el más grave de todos los errores: al hombre tenían que haberlo puesto dentro de la linterna. ¿Cómo, si no, va a ser el hombre de la luna?

DEMETRIO   No se atreve, por mor de la llama, a meterse dentro; porque, como veis, ya está que arde.

HIPÓLITA   Ya estoy aburrida de esta luna; ¡así cambiara de cuarto pronto!

TESEO   Se deja ver, por la escasa luz de su discreción, que está ya muy en el menguante; mas sin embargo, en toda razón y cortesía, se le debe dar su tiempo.

LISANDRO   Adelante, luna.

CLARO-DE-LUNA   Todo lo que tengo que decir es explicaros que la linterna es la luna, yo, el hombre de la luna, este zarzal de espino, mi zarzal de espino, y este perro, mi perro.

DEMETRIO   Pero ¿cómo?: todos, entonces, tenían que estar en la linterna: porque están todos en la luna. Pero ¡silencio!: aquí se acerca Tisbe.

Entra TISBE.

TISBE   Esta es la vieja tumba del rey Nino.
¿En dónde está mi amor?

LEÓN   ¡Aghrr!

Ruge el LEÓN.
TISBE *sale corriendo.*

DEMETRIO   ¡Bien rugido, león!

TESEO   ¡Bien corrido, Tisbe!

HIPÓLITA   ¡Bien brillado, luna! La verdad es que la luna brilla con
muy buenas maneras.

El LEÓN *desgarra el manto de* TISBE, *y sale.*

TESEO   ¡Bien arratonado, león!

DEMETRIO   Y entonces, llegó Píramo.

LISANDRO   Y por tanto, se esfumó el león.

Entra PÍRAMO.

PÍRAMO   Oh, dulce luna, gracias por
tu soleado resplandor;
oh, gracias, luna cara,
por hoy brillar así de clara:
que a tus dorados, rubios, lucios rayos fío
en echarle a la fiel Tisbe el ojo sin desvío.
Pero ¡quieto! ¡Oh, dolor!
Pero ¡mira, triste amador!
¿qué es esta horrible cuita?
Ojos, ¿lo podéis ver?
¿Cómo puede ser?
¡Oh, tierna palomita!
Tu manto de brocado
¿qué?: ¿de sangre untado?
¡Furias crueles, acudid!
¡Oh, Parcas, oh, venid, venid!
¡Cortad hilo y hebra!
¡Estruja, aplasta,
derrumba y quiebra!
¡Ah, basta, basta!

TESEO   Estos aspavientos, sumados con la muerte de un amigo bienamado, casi le harían a un hombre poner la cara triste.

HIPÓLITA   Malhaya mi corazón, que me da pena el hombre.

PÍRAMO   Oh, tú, ¿por qué, Natura, entre tus creaciones
formaste a los leones? Que es león malvado
el que a mi bienamada aquí la ha desflorado:
la que es (¡ay, no!: que fue) la dama más hermosa
que vivió, que amó, que vio, que oyó, que olió cual rosa.
¡Lágrimas, fuera!
¡Venga la nada!
¡Fuera tú, espada,
relumbra, brilla!
Que ya la tetilla
de Píramo hiera:
la tetilla izquierda,
donde está la cuerda
de su corazón.
¡En tanta pasión
que Píramo muera!
¡Espada, a mí!
Así muero yo, así, así, así.

Se apuñala.

Ahora estoy matado;
ahora he volado;
mi alma el cielo quiere.
¡Lengua, tu luz tapa!
¡Luna, sal y escapa!

Sale CLARO-DE-LUNA

¡Ya muere, muere, muere, muere!

Muere.

DEMETRIO   No cuatro muertes, sino el as de muertes para él: pues él
no es más que uno.

LISANDRO   Menos de un as, hombre: como está muerto, no es ninguno.

TESEO   Con ayuda de un cirujano podría aún revivir, y seguir demostrando lo asno que es.

HIPÓLITA   ¿Cómo es esto de que el Claro-de-luna se haya ido antes de que Tisbe vuelva y encuentre a su amante?

Entra TISBE.

TESEO   Lo encontrará a la luz de las estrellas. Aquí entra ella. Y con
su duelo se cierra ya la obra.

HIPÓLITA   Pienso yo que no debía hacer un duelo muy largo por
semejante Píramo. Espero que sea breve.

DEMETRIO   A quién es el mejor, si Píramo, si Tisbe, una mota de polvo inclinaría la balanza: él en hombre, ¡Dios nos proteja!; ella en
mujer, ¡Dios nos bendiga!

LISANDRO   Ya le ha echado la vista con esos dulces ojos.

DEMETRIO   Y así se expresa ella: dos puntos.

TISBE   ¿Dormido, corazón?
  ¿Qué? ¿Muerto, mi pichón?
  ¡Oh, Píramo, álzate!
  ¡Habla, habla! ¿Qué?
  ¿Tan mudo? ¿Muerto, muerto?
  Y habrá cubierto
  tus dulces ojos tan tranquila
  la fría huesa?
  ¡Tus labios de lila,
  tu nariz de fresa,
  esas mejillas
  tan amarillas
  como la albahaca,
  son idos, idos!
  ¡Amantes, gemidos!
  Sus ojos eran verdes como la espinaca.
  ¡Oh, Hermanas tres,
  venid, venidme pues!,
  que aquí me pongo,
  y vuestras manos, blancas como leche,
  metedlas en mondongo,
  pues con tal escabeche
  habéis esquilado
  la hebra de seda de mi bienamado.

¡Lengua, ya callada!
¡Ven tú, fiel espada!
¡Ven, filo, ven, hoja,
y en sangre mi pecho remoja!

Se apuñala.

Amigos, id con Dios:
con esto fina
Tisbe y se termina.
¡Adiós, adiós, adiós!

Muere.

TESEO   Quedan en pie Claro-de-luna y León para enterrar los muertos.

DEMETRIO   Sí, y la Pared también.

SENTAJO   (*Levantándose.*) Eso no, os lo aseguro: caída está la pared que dividía a sus padres. ¿Tendréis a bien contemplar el Epílogo, o bien escuchar un baile bergamasco ejecutado por dos de nuestra compañía?

TESEO   Epílogo no, por favor: pues vuestro drama no necesita de disculpas. No os disculpéis de nada: pues cuando los actores están todos muertos, no hace falta echarle la culpa a nadie. A fe mía, si el que lo escribió hubiera hecho de Píramo y se hubiera colgado con el liguero de Tisbe, habría sido una lindísima tragedia. Como lo es en verdad, lo es, y muy distinguidamente representada. Pero ea, ¡venga vuestro bergamasco! Olvidaos del Epílogo.

Una danza.

La férrea lengua de la noche ha dicho «Doce».
Al lecho, amantes: casi es hora de las hadas.
Temo que a la mañana ha de comerle el sueño
tanto como a esta noche le quitó la vela.
Bien este tosco drama le ha engañado el lento
paso a la noche. Amigos míos, ¡a la cama!
Celebraremos esta fiesta quince días
con nocturna algazara y nuevas alegrías.

Salen.

ESCENA II

Entra COQUITO, *con una escoba.*

COQUITO   Ya el león hambriento ruge
y a la luna el lobo aúlla;
ya el labriego ronca y cruje,
roto de trajín y bulla.
Queda el ascua en vano ardiente,
y el mochuelo el aire raja
con su silbo, que al doliente
le recuerda la mortaja.
Es la hora nocturnal
que las tumbas, bostezando,
su ánima echa cada cual
a ir de cruz en cruz vagando.
Y las hadas, que, escapando
del sol, vamos bajo el ceño
de Hécate la Triple andando
tras la sombra como un sueño,
fiesta hacemos. Ni un ratón,
debe perturbar la alcoba
de esta sacra mansión.
Me han mandado, con escoba,
a que, alerta,
barra el polvo tras la puerta.

Entra el rey de las Hadas con todo su cortejo.

OBERÓN   Por la casa luz rebrinque
junto al fuego mortecino;
todo duende y hada brinque
como pájaro al comino,
y este baile, tras mis pies,
cante y dance en dos por tres.
TITANIA   La canción llevad con tino.
Mano en mano entrelazadas,

con la gracia de las hadas
cantaremos
y este hogar bendeciremos.

Canto y baile.

OBERÓN   Ahora, hasta que rompa el día,
todo duende vague y ría
por pasillos y salones.
Hasta el lecho nupcïal
principal
llegaremos,
y echaremos
bendiciones:
que la prole allí formada
siempre viva afortunada;
que las tres parejas sean
siempre fieles en amor,
y en sus hijos un error
de Natura nunca vean:
nunca labio hendido, arruga
ni verruga
ni otra marca o raro antojo
que en nacido cause enojo
ni recrezca
ni en sus niños aparezca.
Santiguados del rocío
que os echo;
todo duende a su albedrío
por las salas
de este techo
id, volad,
y una y otra con las alas
bendecid en dulce paz.
Y su dueño con ventura
siempre viva en paz segura.
¡Fuera allá!
¡Basta ya!

Volvedme todos a ver
al amanecer.

Salen todos menos COQUITO.

COQUITO   Si hemos hecho aquí nosotros,
sombras, algo que os ofenda,
pues pensad así vosotros
(y ya todo tiene enmienda):
que no más habéis echado
una siesta
mientras esta
visïón se os ha mostrado:
que esta trama y tonto empeño
no es más sólido que un sueño.
No silbéis ni reprendáis,
mis señores:
que, si aquí nos perdonáis,
procuremos ser mejores.
Y, en mi honor de buen Coquito,
que, si inmerecidamente
escapamos, sin un pito,
muy prontito
algo haremos que os contente.
O, si no, decid que miente
el Coquito y sus fantoches.
Conque a todos, buenas noches.
¡Palmas, señores!
Si soy vuestro amigo,
y Robín hará como digo.